COLLECTION FOLIO

Patrick Modiano

Livret
de famille

Gallimard

© *Éditions Gallimard, 1977.*

Qu'est-ce qu'un « livret de famille » ? C'est le document officiel rattachant tout être humain à la société dans laquelle il vient au monde. Y sont consignés avec la sécheresse administrative que l'on sait une série de dates et de noms : parents, mariages, enfants, et, s'il y a lieu, morts.

Patrick Modiano fait éclater ce cadre administratif à travers un livre où l'autobiographie la plus précise se mêle aux souvenirs imaginaires.

Mais l'auteur apporte aux souvenirs imaginaires un caractère de vérité quelquefois plus convaincante que celle de la réalité.

Patrick Modiano est né en 1945 à Boulogne-Billancourt. Il a fait ses études à Annecy et à Paris. Il a publié son premier roman, *La Place de l'étoile*, en 1968, puis *La Ronde de nuit* en 1969, *Les Boulevards de ceinture* en 1972, *Villa Triste* en 1975, *Livret de famille* en 1977. Il reçoit le prix Goncourt en 1978 pour *Rue des boutiques obscures*. Il publie en 1981 *Une jeunesse*.

Il est aussi l'auteur d'entretiens avec Emmanuel Berl, et, en collaboration avec Louis Malle, du scénario de *Lacombe Lucien*.

En 1996, Patrick Modiano a reçu le Grand Prix National des Lettres pour l'ensemble de son œuvre.

pour Rudy,
pour Josée et Henri Bozo

Vivre, c'est s'obstiner à achever un souvenir.

René Char

I

J'observais ma fille, à travers l'écran vitré. Elle dormait, appuyée sur sa joue gauche, la bouche entrouverte. Elle avait à peine deux jours et on ne discernait pas les mouvements de sa respiration.

Je collais mon front à la vitre. Quelques centimètres me séparaient du berceau et je n'aurais pas été étonné s'il s'était balancé dans l'air, en état d'apesanteur. La branche d'un platane caressait la fenêtre avec une régularité d'éventail. Ma fille occupait seule cette pièce blanc et bleu ciel qui portait le nom de « Nursery Caroline Herrick ». L'infirmière avait poussé le berceau juste devant l'écran de verre pour que je puisse la voir.

Elle ne bougeait pas. Sur son minuscule visage flottait une expression de béatitude. La branche continuait d'osciller en silence. J'écrasais mon nez contre la vitre et cela faisait une tache de buée.

Quand l'infirmière reparut, je me redressai aussitôt. Il était près de dix-sept heures et je n'avais plus un instant à perdre si je voulais parvenir à la mairie, avant la fermeture de l'état civil.

Je descendis les escaliers de l'hôpital en feuilletant un petit cahier à couverture de cuir rouge, le : « Livret de Famille ». Ce titre m'inspirait un intérêt respectueux comme celui que j'éprouve pour tous les papiers officiels, diplômes, actes notariés, arbres généalogiques, cadastres, parchemins, pedigrees... Sur les deux premiers feuillets figurait l'extrait de mon acte de mariage, avec mes nom et prénoms, et ceux de ma femme. On avait laissé en blanc les lignes correspondant à : « fils de », pour ne pas entrer dans les méandres de mon état civil. J'ignore en effet où je suis né et quels noms, au juste, portaient mes parents lors de ma naissance. Une feuille de papier bleu marine, pliée en quatre, était agrafée à ce livret de famille : l'acte de mariage de mes parents. Mon père y figurait sous un faux nom parce que le mariage avait eu lieu pendant l'Occupation. On pouvait lire ·

ÉTAT FRANÇAIS
Département de la Haute-Savoie
Mairie de Megève.
le 24 février mil neuf cent quarante-quatre, à dix-sept heures trente..

devant nous ont comparu publiquement en la Maison commune :
Guy Jaspaard de Jonghe et
Maria Luisa C.

Les futurs conjoints ont déclaré l'un après l'autre vouloir se prendre

pour époux et nous avons prononcé au nom de la loi qu'ils sont unis par le mariage.

Que faisaient mon père et ma mère en février 1944 à Megève ? Je le saurais bientôt — pensais-je. Et ce « de Jonghe » que mon père avait ajouté à son premier nom d'emprunt ? De Jonghe. C'était bien là une idée à lui.

J'aperçus l'automobile de Korominddé, garée au bord de l'avenue, à une dizaine de mètres de la sortie de l'hôpital. Il était au volant, plongé dans la lecture d'un magazine. Il leva la tête et me sourit.

Je l'avais rencontré la nuit précédente dans un restaurant au décor basquo-béarnais, situé près de la porte de Bagatelle, l'un de ces endroits où l'on échoue quand il nous est arrivé quelque chose d'important et où l'on n'irait jamais en temps normal. Ma fille était née à vingt et une heures, je l'avais vue avant qu'on l'emmenât dans la nursery, j'avais embrassé sa mère qui s'endormait. Dehors, j'avais marché au hasard, le long des avenues désertes de Neuilly, sous une pluie d'automne. Minuit. J'étais le dernier dîneur de ce restaurant, où un homme dont je ne distinguais que le dos se tenait accoudé au bar. Le téléphone a sonné et le barman a décroché le combiné. Il s'est tourné vers l'homme :

— C'est pour vous, monsieur Korominddé.

Koromindé... Le nom d'un des amis de jeunesse de mon père, qui venait souvent à la maison lorsque j'étais enfant. Il parlait au téléphone et je reconnaissais la voix grave et très douce, le roulement des r. Il a raccroché, je me suis levé et j'ai marché vers lui.

— Jean Koromindé?

— Lui-même.

Il me dévisageait, l'air étonné Je me suis présenté. Il a poussé une exclamation. Puis, avec un sourire triste :

— Vous avez grandi...

— Oui, ai-je répondu après m'être voûté et comme en m'excusant. Je lui ai annoncé que j'étais père, depuis quelques heures. Il était ému et il m'a offert un alcool pour fêter cette naissance.

— Père, c'est quelque chose, hein?

— Oui.

Nous avons quitté ensemble le restaurant, qui s'appelait L'Esperia.

Koromindé m'a proposé de me ramener chez moi en voiture et m'a ouvert la portière d'une vieille Régence noire. Pendant le trajet, nous avons parlé de mon père. Il ne l'avait pas revu depuis vingt ans. Moi-même je n'avais aucune nouvelle de lui depuis dix ans. Nous ignorions l'un et l'autre ce qu'il était devenu. Il se souvenait d'un soir de 1942 où il avait dîné en compagnie de mon père à L'Esperia justement... Et c'était là, dans le même restaurant que ce soir, trente ans plus tard, il apprenait la naissance de « cette petite enfant »...

— Comme le temps passe...

Il en avait les larmes aux yeux.

— Et cette petite enfant, je pourrais la connaître ?

C'est alors que je lui ai proposé de m'accompagner le lendemain à la mairie pour inscrire ma fille à l'état civil. Il en était enchanté et nous nous fixâmes rendez-vous à cinq heures précises devant l'hôpital.

A la lumière du jour son automobile paraissait encore plus délabrée que la veille. Il fourra le magazine qu'il lisait dans l'une des poches de sa veste et m'ouvrit la portière. Il portait des lunettes à grosses montures et à verres bleuâtres.

— Nous n'avons pas beaucoup de temps, lui dis-je. L'état civil ferme à dix-sept heures trente.

Il consulta sa montre :

— Ne vous inquiétez pas.

Il conduisait lentement, et d'une manière feutrée.

— Vous trouvez que j'ai beaucoup changé, en vingt ans ?

Je fermai les yeux pour retrouver l'image que j'avais de lui à cette époque : un homme vif et blond qui se passait sans cesse un index sur les moustaches, parlait par petites phrases saccadées et riait beaucoup. Toujours habillé de costumes clairs. Tel il flottait dans mon souvenir d'enfant.

— J'ai vieilli, non ?

15

C'était vrai. Son visage avait rétréci et sa peau prenait une teinte grise. Il avait perdu sa belle chevelure blonde.

— Pas tellement, ai-je dit.

Il actionnait le changement de vitesse et tournait le volant avec des gestes amples et paresseux. Comme il s'engageait dans une avenue perpendiculaire à celle de l'hôpital, il prit son virage largement et la vieille Régence buta contre le trottoir. Il haussa les épaules.

— Et votre père, je me demande s'il ressemble toujours à Rhett Butler... vous savez... *Autant en emporte le vent...*

— Moi aussi, je me le demande.

— Je suis son plus vieil ami... nous nous sommes connus à dix ans, cité d'Hauteville...

Il conduisait au milieu de l'avenue et frôla un camion. Puis il ouvrit d'un geste machinal la radio. Le speaker parlait de la situation économique qui, selon lui, était de plus en plus alarmante. Il prévoyait une crise de la gravité de celle de 1929. J'ai pensé à la chambre blanc et bleu où dormait ma fille et à la branche de platane qui oscillait, en caressant la vitre.

Korominde s'arrêta à un feu rouge. Il rêvait. Les feux changèrent trois fois de suite et il ne démarrait pas. Il restait impassible derrière ses lunettes teintées. Enfin, il me demanda :

— Et votre fille, elle lui ressemble ?

Que lui répondre ? Mais peut-être savait-il, lui, ce que faisaient mon père et ma mère à Megève en février 1944 et comment avait été célébré leur étrange mariage. Je ne voulais pas le questionner tout de suite, de peur de le distraire encore plus et de provoquer un accident.

Nous suivions le boulevard d'Inkermann à une allure de procession. Il me désigna sur la droite un immeuble de couleur sable avec des fenêtres-hublots et de grands balcons en demi-cercle.

— Votre père a habité un mois ici... au dernier étage...

Il y avait même fêté ses vingt-cinq ans, mais Korominé n'en était pas sûr : tous les immeubles où séjournait mon père, me dit-il, présentaient la même façade. C'était ainsi. Il n'avait pas oublié cette fin d'après-midi de l'été 37 et la terrasse que les derniers rayons du soleil éclairaient de rose orangé. Mon père — paRaît-il — recevait torse nu sous une robe de chambre. Au milieu de la terrasse, il avait disposé un vieux canapé et des chaises de jardin.

— Et moi, je servais les apéritifs.

Il brûla un feu rouge et évita de justesse une automobile, en traversant le boulevard Bineau, mais cela le laissa indifférent. Il tourna à gauche et s'engagea dans la rue Borghèse. Où menait la rue Borghèse ? Je regardai ma montre. Seize heures cinquante et une. L'état civil allait fermer. Une panique me prit. Et si on refusait d'inscrire ma fille sur les registres de la mairie ? J'ouvris la boîte à gants, croyant y trouver un plan de Paris et de sa banlieue.

— Vous êtes sûr que vous prenez la bonne direction ? demandai-je à Koromindé.

— Je ne crois pas

Il s'apprêtait à faire demi-tour. Mais non, mieux valait rouler tout droit. Nous rejoignîmes le boulevard Victor-Hugo, puis reprîmes le boulevard d'Inkermann. Maintenant, Koromindé appuyait à fond sur l'accélérateur. Des gouttes de sueur coulaient le long de ses tempes. Lui aussi consultait sa montre. Il me murmura, d'une voix blanche :

— Mon vieux, je vous jure que nous arriverons à temps.

Il brûla de nouveau un feu rouge. Je fermai les yeux. Il accéléra encore et klaxonna par petits coups brefs. La vieille Régence tremblait. Nous arrivions avenue du Roule. Devant l'église, nous tombâmes en panne.

Nous abandonnâmes la Régence et marchâmes au pas de charge en direction de la mairie, à deux cents mètres plus loin, sur l'avenue. Koromindé boitait un peu et je le précédais. Je me mis à courir. Koromindé aussi, mais il traînait la jambe gauche et bientôt je le distançai d'une bonne longueur. Je me retournai : il agitait le bras en signe de détresse, mais je courais de plus en plus vite. Koromindé, découragé, ralentit son allure. Il s'épongeait le front et les tempes à l'aide d'un mouchoir bleu marine. En escaladant les marches de la mairie, je lui fis de grands gestes. Il parvint à me rejoindre et il était si essoufflé qu'il ne pouvait plus émettre un seul son. Je le pris par le poignet et nous traversâmes le hall où une pancarte indiquait : « Etat civil — 1er étage, porte gauche ». Koromindé était livide. Je pensai qu'il allait avoir une défaillance cardiaque et le soutins quand nous montâmes les escaliers. Je poussai la porte de l'état civil d'un coup d'épaule, tandis que des deux mains je maintenai Koromindé debout. Il trébucha et m'entraîna de tout son poids. Nous glissâmes et tombâmes à la renverse au milieu de la pièce, et les préposés à l'état-civil nous regardaient, bouche bée, derrière les grilles du guichet.

Je me relevai le premier et me dirigeai en m'éclaircissant la gorge vers le guichet. Koromindé s'affala sur une banquette, au fond de la pièce.

Ils étaient trois : deux femmes en chemisier, la cinquantaine sévère et nerveuse, les cheveux ardoise coupés courts et qui se ressemblaient comme des jumelles. Un homme grand aux moustaches épaisses et laquées.

— Vous désirez ? dit l'une des femmes.

Elle avait un ton à la fois peureux et menaçant.

— C'est pour un état civil.

— Vous auriez pu venir plus tôt, dit l'autre femme sans aménité.

L'homme me fixait en plissant les yeux. Notre apparition brutale avait été du plus mauvais effet.

— Dites-leur que nous regrettons très véritablement ce retard, souffla Koromindé du fond de la pièce.

On devinait à ce « très véritablement » que le français n'était pas sa langue maternelle. Il me rejoignit en boitant. L'une des femmes nous glissa une feuille sous le guichet et dit d'une voix perfide :

— Remplissez le questionnaire.

Je fouillai dans mes poches à la recherche d'un stylo, puis me tournai vers Koromindé. Celui-ci me tendit un crayon.

— Pas au crayon, siffla le moustachu.

Ils se tenaient tous les trois debout, derrière la grille, à nous observer en silence.

— Vous n'auriez pas... un stylo ? demandai-je.

Le moustachu parut stupéfait. Les deux jumelles croisèrent les bras sur leur poitrine.

— Un stylomine, je vous prie, répéta Koromindé, d'une voix plaintive.

Le moustachu passa un stylo bille de couleur verte à travers le grillage. Koromindé le remercia. Les deux jumelles gardaient les bras croisés, en signe de désapprobation.

Koromindé me tendit le stylo bille et je commençai à remplir le questionnaire à l'aide des indications du « Livret de Famille ». Je voulais que ma fille s'appelât Zénaïde, peut-être en souvenir d'une Zénaïde Rachewski, belle femme qui avait ébloui mon enfance. Koromindé s'était levé et il jetait un œil par-dessus mon épaule pour superviser ce que j'écrivais.

Lorsque j'eus fini, Koromindé prit la feuille et la lut, les sourcils froncés. Puis il la tendit à l'une des jumelles.

— Ce n'est pas dans le calendrier français, dit-elle en pointant son index sur le prénom « Zénaïde » que j'avais calligraphié en énormes lettres majuscules.

— Et alors, madame ? demanda Koromindé, d'une voix altérée.

— Vous ne pouvez pas donner ce prénom.

L'autre jumelle avait rapproché sa tête de celle de sa sœur et leurs fronts se touchaient. J'étais effondré.

— Alors, que faire, madame ? demanda Koromindé.

Elle avait décroché le téléphone et composé un numéro à deux chiffres.

Elle demandait si le prénom « Zénaïde » figurait « sur la liste ». La réponse était : NON.

— Vous ne pouvez pas donner ce prénom.

Je vacillai, la gorge serrée.

Le moustachu s'approcha à son tour et prit le formulaire.

— Mais si, mademoiselle, chuchota Koromindé, comme s'il dévoilait un secret. Nous pouvons donner ce prénom.

Et il leva la main, très lentement, en signe de bénédiction.

— C'était le prénom de sa marraine.

Le moustachu se pencha et appuya son front de bélier contre les grillages.

— Dans ce cas, messieurs, il s'agit d'un problème particulier, et la chose est tout à fait différente.

Il avait une voix onctueuse qui ne correspondait pas du tout à son physique.

— Certains prénoms se transmettent dans les familles, et si curieux fussent-ils, nous n'avons rien à dire. Absolument rien.

Il moulait ses phrases et chaque mot sortait de sa bouche imprégné de vaseline.

— Va pour Zénaïde !

— Merci, monsieur. Merci !

Il eut un geste excédé en direction des deux jumelles et fit la pirouette comme un danseur avant de disparaître. On entendit quelqu'un taper à la machine dans la pièce du fond. Koro-mindé et moi, nous ne savions pas très bien si nous devions attendre. Les deux jumelles triaient une pile de papiers en conversant à voix très basse.

— Beaucoup de naissances, aujourd'hui, mes-dames ? Ça marche ? demanda Koromindé, comme s'il voulait se rappeler à leur souvenir.

Elles ne répondirent pas. J'allumai une ciga-rette, présentai le paquet à Koromindé, puis aux deux femmes.

— Une cigarette, mesdames ?

Mais elles feignirent de n'avoir pas entendu.

Enfin, le moustachu passa la tête dans l'embra-sure d'une porte latérale et nous dit :

— Par ici, messieurs.

Nous nous retrouvâmes de l'autre côté du

grillage, là où officiaient les deux jumelles et le moustachu. Celui-ci nous fit signe d'entrer dans la salle du fond. Les deux jumelles continuaient de brasser mécaniquement leurs piles de feuillets.

Une petite pièce en coin dont les deux fenêtres donnaient sur une rue. Des murs vides, couleur havane. Un bureau de bois sombre à nombreux tiroirs et au milieu duquel était ouvert un registre.

— Messieurs, si vous voulez relire et signer.

Le texte, tapé à la machine, sans une seule faute de frappe, précisait qu'une enfant de sexe féminin, nommée Zénaïde, était née à neuf heures du soir, le 22 octobre, de cette année... Une dizaine de lignes auxquelles avait été réservée une page entière du registre. Et les mêmes indications sur la page suivante.

— Le double, messieurs.

Cette fois, il me tendait un stylo massif, à capuchon d'or.

— Vous avez relu ? Pas d'erreurs ? demanda-t-il.

— Pas d'erreurs, répondis-je.

— Pas d'erreurs, dit Koromindé en écho.

Je pris le stylographe et lentement, d'une grande écriture saccadée, je traçai, au bas des deux pages, mes nom et prénoms.

Ce fut au tour de Koromindé. Il ôta ses lunettes teintées. Un sparadrap maintenait ouverte la paupière de son œil droit et lui donnait un air de boxeur égaré. Il signa d'une plume encore plus tremblante que la mienne : Jean Koromindé.

— Vous êtes un ami de la famille ? demanda le moustachu.

— Un ami du grand-père.

Un jour, dans vingt ans, si elle avait la curiosité de consulter ce registre — mais pourquoi l'aurait-elle ? —, à la vue de cette signature, Zénaïde se demanderait qui était ce Jean Koromindé.

— Voilà, tout est bien qui finit bien, déclara gentiment le moustachu.

Il me considérait avec un regard très doux, presque paternel, et qui me sembla même légèrement embué. Il nous tendit une main timide que nous serrâmes chacun à notre tour. Et je compris alors pourquoi il portait cette moustache. Sans elle, ses traits se seraient affaissés et il aurait certainement perdu l'autorité si nécessaire aux fonctionnaires de l'état civil.

Il ouvrit une porte.

— Vous pouvez descendre par cet escalier, nous dit-il, d'une voix complice, comme s'il nous indiquait un passage secret. Au revoir, messieurs. Et bonne chance. Bonne chance...

Sur le perron de la mairie, nous étions tout drôles. Voilà, nous avions rempli une formalité importante, et cela s'était passé simplement. Le soir tombait. Il fallait remettre la Régence en marche. Nous nous adressâmes à un garagiste qui découvrit que l'automobile avait besoin d'une réparation sérieuse. Koromindé viendrait la chercher le lendemain. Nous décidâmes de regagner Paris à pied.

Nous suivions l'avenue du Roule. Koromindé ne traînait plus la jambe et marchait d'un pas vif. Je ne pouvais m'empêcher de penser au grand registre ouvert sur le bureau. Ainsi, c'était cela, un registre d'état civil. Nous pensions à la même chose puisque Koromindé me dit :

— Vous avez vu ? C'est drôle, un registre d'état civil ? Hein ?

Et lui ? avait-il été enregistré à un état civil quelconque ? Quelle était sa nationalité d'origine ? Belge ? Allemand ? Balte ? Plutôt Russe, je crois. Et mon père, avant qu'il ne s'appelât « Jaspaard » et qu'il n'eût ajouté « de Jonghe » à ce nom ? Et ma mère ? Et tous les autres ? Et moi ? Il devait se trouver quelque part des registres aux feuilles jaunies, où nos noms et nos prénoms et nos dates de naissance, et les noms et prénoms de nos parents, étaient inscrits à la plume, d'une écriture aux jambages compliqués. Mais où se trouvaient ces registres ?

Koromindé, à côté de moi, sifflotait. La poche de son pardessus était déformée par la revue qu'il lisait dans sa voiture et dont j'apercevais le titre en caractères rouges : *Le Haut-Parleur*. De nouveau, j'eus envie de lui demander ce que faisaient mon père et ma mère à Megève en février 1944. Mais le savait-il ? Après trente ans, les souvenirs... Nous étions arrivés au bout de l'avenue du Roule. Il faisait nuit et les feuilles mortes que la pluie avait imprégnées de boue collaient aux talons. Koromindé frottait de temps en temps les semelles de ses chaussures contre la bordure du trottoir. Je guettais le passage des autos, à la recherche d'un taxi vide. Mais non, après tout, autant continuer à pied.

Nous nous engagions avenue de la Porte-des-Ternes dans ce quartier que l'on avait éventré pour construire le périphérique. Une zone comprise entre Maillot et Champerret, bouleversée, méconnaissable, comme après un bombardement.

— Un jour, je suis venu par ici avec votre père, me dit Koromindé.

— Ah bon?

Oui, mon père l'avait emmené en automobile par ici. Il cherchait un garagiste qui lui procurerait une pièce de rechange pour sa Ford. Il ne se souvenait plus de l'adresse exacte et longtemps Koromindé et lui avaient sillonné ce quartier, aujourd'hui complètement détruit. Rues bordées d'arbres dont les feuillages formaient des voûtes. De chaque côté, des garages et des hangars qui paraissaient abandonnés. Et la douce odeur de l'essence. Enfin, ils s'étaient arrêtés devant un établissement, fournisseur de « matériel américain ». L'avenue de la Porte-de-Villiers ressemblait au mail d'une toute petite ville du Sud-Ouest, avec ses quatre rangées de platanes. Ils s'assirent sur un banc en attendant que le garagiste eût terminé la réparation. Un chien-loup était allongé en bordure du trottoir et dormait. Des enfants se poursuivaient au milieu de l'avenue déserte, parmi les flaques de soleil. C'était un samedi après-midi d'août, juste après la guerre. Ils ne parlaient pas. Mon père — paraît-il — était d'humeur mélancolique. Koromindé, lui, comprenait que leur jeunesse était finie.

Nous arrivions avenue des Ternes et Koromindé recommençait à boiter. Je lui pris le bras. Les lampadaires s'allumaient boulevard Gouvion-Saint-Cyr. C'était l'heure des longues files de voitures, de la foule, des bousculades, mais rien de tout cela ne pénétrait dans la nursery. Je revis le balancement serein de la branche contre la vitre.

En somme, nous venions de participer au début de quelque chose. Cette petite fille serait un peu notre déléguée dans l'avenir. Et elle avait obtenu du premier coup le bien mystérieux qui s'était toujours dérobé devant nous : un état civil.

II

A quelle époque ai-je connu Henri Marignan ? Oh, je n'avais pas encore vingt ans. Je pense souvent à lui. Parfois, il me semble même qu'il fut l'une des multiples incarnations de mon père. J'ignore ce qu'il est devenu. Notre première rencontre ? Elle eut lieu au fond d'un bar étroit et rouge corail du boulevard des Capucines : Le Trou Dans Le Mur. Nous étions les derniers clients. Marignan, assis à une table voisine de la mienne, a commandé un « alcool de riz » et après en avoir goûté une gorgée a dit au barman :

— Il n'a pas le goût qu'il avait en Chine.

Alors, je lui ai demandé, à brûle-pourpoint :

— Vous connaissez la Chine, monsieur ?

Nous avons bavardé jusqu'à quatre heures du matin. De la Chine, bien sûr, où Marignan avait séjourné avant la guerre. Il était encore capable de dessiner le plan détaillé de Shanghai sur une nappe et il l'a fait pour moi, ce soir-là. J'ai voulu savoir si de nos jours un Occidental avait quelque chance de pénétrer dans ce mystérieux pays et de

l'explorer en toute liberté. Il a eu une légère hésitation et d'une voix solennelle :

— Je crois que c'est possible.

Il me regardait fixement.

— Vous tenteriez le coup avec moi ?

— Bien sûr, ai-je dit.

A partir de cet instant-là, nous nous sommes
vus tous les jours.

Marignan avait dépassé la soixantaine, mais
paraissait vingt ans de moins. Grand, carré
d'épaules, il portait les cheveux en brosse. Sur son
visage, pas le moindre empâtement. Le dessin
régulier des arcades sourcilières, du nez et du
menton m'avait frappé. Les yeux bleus étaient
traversés, par rafales, d'une expression de désar-
roi. Il était toujours habillé de complets croisés et
avait visiblement une prédilection pour les chaussures à semelles de crêpe très souples qui lui
donnaient une démarche élastique.

Au bout de quelque temps, j'ai su à qui j'avais
affaire. Cela n'est pas venu de lui car il ne parlait
de son passé que si je lui posais des questions.

A vingt-six ans, donc, il avait été envoyé à
Shanghai par une agence de presse. Il y fonda un
quotidien qui paraissait en deux éditions, l'une
française et l'autre chinoise. On fit appel à lui en
qualité de conseiller au ministère des Communi-
cations du gouvernement Tchang Kaï-chek et le
bruit courut que Madame Tchang Kaï-chek avait
succombé au charme d'Henri Marignan. Il était
resté en Chine, pendant sept ans.

De retour en France, il avait publié un livre de souvenirs : *Shanghai Perdu* dont je peux réciter des pages entières. Il y dépeint la Chine des années 30, avec son pullulement de vrais et de faux généraux, ses banquiers, ses cortèges funèbres qui traversent les rues en jouant *Viens Poupoule,* ses chanteuses de treize ans aux voix de crécelle et aux bas roses brodés d'énormes papillons jaunes, ses odeurs d'opium et de pourriture et la nuit moite qui couvre de champignons les chaussures et les vêtements. Dans ce livre, il rend un hommage vibrant et nostalgique à Shanghai, la ville de sa jeunesse. Au cours des années qui suivirent, entraîné par son goût de l'intrigue, il fréquenta à la fois les Brigades internationales et des membres de la Cagoule. De 1940 à 1945, il remplit des « missions » énigmatiques entre Paris, Vichy et Lisbonne. Il disparaît, pour l'état civil, à Berlin, en avril 1945. Tel était Henri Marignan.

J'allais le chercher avenue de New York, au 52, je crois, l'un des derniers immeubles avant les jardins du Trocadéro. L'appartement était celui d'une certaine « Geneviève Catelain », une femme blonde, très distinguée et vaporeuse, dont les yeux avaient des reflets émeraude. Assise avec lui sur le canapé du salon, elle lui disait quand j'entrais :

— Voilà M. Modiano, ton complice.

A plusieurs reprises, il me fixa rendez-vous avenue de New York vers dix heures du soir. Et chaque fois, il y avait du monde dans le salon, comme pour une fête ou un cocktail. Geneviève Catelain allait de groupe en groupe, Marignan, lui, se tenait à l'écart. Dès qu'il me voyait, il se dirigeait vers moi, le buste très raide et la démarche bondissante.

— Allons prendre l'air, me disait-il.

Nous marchions au hasard à travers Paris. Un soir, il me fit connaître le quartier chinois de la gare de Lyon, près de l'avenue Daumesnil. Les Arabes avaient remplacé les Chinois, mais demeurait encore, passage Gatbois, un hôtel à l'enseigne du Dragon Rouge. Un restaurant « chinois » occupait le rez-de-chaussée. Nous montâmes au premier étage. Une grande pièce aux murs couverts de velours grenat molletonné qui, par endroits, pendait en lambeaux. Une ampoule éclairait les trois fenêtres aux vitres sales et le parquet grisâtre. Des lattes manquaient. Dans un coin, une pile de chaises, une malle et un vieux buffet. La pièce servait de débarras.

— Ça tombe en ruine, soupira Marignan.

Il m'expliqua que, pendant l'Occupation, c'était la seule fumerie d'opium de Paris. Il y était venu un soir avec l'actrice Luisa Ferida.

Il nous arrivait de faire un détour jusqu'à la Pagode de la rue de Babylone ou de nous arrêter devant cette grande maison chinoise, rue de Courcelles, dont une plaque indique qu'elle a été construite en 1928 par un certain M. Fernand Bloch. Nous déambulions à travers les salles des musées Guimet et Cernuschi et nous allions même nous promener à Boulogne dans les jardins asiatiques de M. Albert Kahn. Marignan était pensif.

Je le raccompagnais avenue de New York et j'essayais de savoir quel lien l'unissait à la mystérieuse Geneviève Catelain.

— Une très, très ancienne histoire d'amour, me confia-t-il un soir. Du temps où j'avais encore un état civil et où je n'étais pas un fantôme, comme aujourd'hui. Vous savez que je suis mort en 45, hein ?

Comment avait-il fait pour subsister et ne pas être reconnu ? Il m'expliqua qu'on change de tête, à partir de quarante ans, et qu'il avait gagné un peu d'argent en écrivant des contes pour enfants, sous le pseudonyme d'Uncle Ronnie. Il les rédigeait en anglais, et la série des « Uncle Ronnie'Stories » se vendait en Grande-Bretagne et même aux Etats-Unis. Et puis il était un peu courtier en objets d'art.

Mais le projet de départ pour la Chine occupait son esprit. En pleine rue, il me posait brusquement une question :

— Vous croyez que vous supporterez le climat ?

Ou :

— Vous êtes prêt à rester un an là-bas ?

Ou :

— Vous êtes vacciné contre la diphtérie, Patrick ?

Enfin, il me confia son plan. Depuis plusieurs années, il découpait dans les journaux et les magazines des photos représentant le ministre Chou En-Laï et son entourage, à l'occasion de banquets diplomatiques ou d'accueils de personnalités étrangères. Il avait même vu et revu des bandes d'actualité prises au moment du voyage en Chine du président des Etats-Unis. A la gauche de Chou En-Laï, si prêt qu'il le touchait de l'épaule, se tenait toujours le même homme souriant. Et cet homme, Marignan était sûr de l'avoir connu jadis, à Shanghai.

Son débit était de plus en plus rapide, son regard absorbé, comme s'il cherchait à retrouver le contour d'un monde disparu. Avenue Joffre, dans la concession française, il y a le restaurant Katchenko. Des tables recouvertes de nappes bleu ciel et sur chacune d'elles, de petites lampes aux abat-jour verts. Le consul de France y vient souvent. Et aussi Kenneth Cummings, le plus riche agent de change de Shanghai. On descend quelques marches et l'on arrive sur la piste de danse. L'orchestre, pendant le dîner, distille de la musique douce. Les musiciens sont tous européens sauf le pianiste, un Chinois qui ne paraît pas plus de dix-huit ans. C'était lui, Marignan en aurait mis sa main au feu, que l'on voyait aux côtés de Chou En-Laï. En ce temps-là, il s'appelait Roger Fu-seng. Il parlait couramment le français parce qu'il avait fréquenté l'école des Jésuites. Marignan le considérait comme son meilleur ami. Roger Fu travaillait au journal et rédigeait des articles en chinois ou bien servait de traducteur. Il jouait dans l'orchestre du Kat-chenko jusqu'à minuit et Marignan venait le chercher chaque soir. Fu avait vingt-cinq ans, et c'était un garçon exquis. Il aimait traîner. Nuits du Casanova avenue Edouard-VII et du Ritz rue Chu-Pao-San, parmi les taxi-girls chinoises et les Russes blanches de Harbin... Roger Fu-seng finissait toujours par se mettre au piano et égrenait une mélodie de Cole Porter. Fu, c'était le Shanghai de cette époque-là.

Il fallait reprendre contact coûte que coûte avec lui, maintenant qu'il était devenu le familier de Chou En-Laï. Marignan y pensait depuis des années mais, chaque fois, la difficulté de l'entre-prise le faisait renoncer très vite. Il était heureux d'avoir rencontré un « jeune » de mon espèce qui pût le stimuler. En effet, j'ai l'habitude d'écouter les gens, de partager leurs rêves et de les encoura-ger dans leurs vastes projets.

Quelques semaines passèrent et Marignan don-nait sans cesse des coups de téléphone dans les cafés où nous nous rencontrions. Il ne me disait rien et quand j'osais lui poser une question, il me répondait invariablement :

— Nous allons trouver le « joint ».

Un après-midi, il me pria de venir quai de New York. Il m'ouvrit lui-même la porte de l'appartement et m'entraîna au salon. Nous nous trouvions seuls au milieu de cette immense pièce blanche dont les quatre portes-fenêtres donnaient sur la Seine. Les vases de fleurs étaient plus nombreux qu'à l'ordinaire. Bouquets d'orchidées, de roses et d'iris et, tout au fond, un petit oranger.

Il me tendit l'une des cigarettes à bout doré que fumait Geneviève Catelain et m'exposa la situation. Selon lui, il n'y avait qu'un seul intercesseur pour renouer le contact avec Roger Fu-Seng : l'ambassade de Chine populaire à Paris. Il suffisait de rencontrer un membre de l'Ambassade — aussi subalterne fût-il — et de se confier à lui en toute franchise. Marignan pensait que sa connaissance à peu près correcte de la langue chinoise jouerait en notre faveur. Or, il était très difficile d'entrer en rapport avec le personnel diplomatique de l'avenue George-V. Des liens existaient certainement entre la France et la Chine, des groupements officiels, une amicale franco-chinoise. Mais de quelle manière s'introduire dans ces cercles ? Alors, il avait pensé à George Wo-heu, un garçon subtil et ondoyant qui travaillait à la Shanghai Commercial and Saving Bank du temps de leur jeunesse et qui lui avait fait obtenir des fonds de divers commanditaires pour la création de son journal. Wo-heu s'était fixé à Paris depuis trente ans et exerçait la profession de diamantaire.

Nous l'attendions.

Il glissait vers nous, porté par d'invisibles patins à roulettes. Marignan me le présenta et Wo-heu me gratifia d'un sourire qui lui fendait le visage jusqu'aux tempes. Bien qu'il fût de petite taille et corpulent, il paraissait extrêmement souple. Il avait un visage de lune et des cheveux argent peignés en arrière. Son costume gris foncé à rayures était de la meilleure coupe. Il s'assit sur le divan en frottant ses mains, aux ongles vernis.

— Alors, Toto? lança-t-il à Marignan.

Celui-ci s'éclaircit la gorge.

— Quoi de neuf, Toto? — sa voix était mélodieuse.

Marignan, d'emblée, lui expliqua que nous projetions un voyage en Chine et qu'il était nécessaire que nous entrions en rapport le plus vite possible avec l'ambassade de Chine populaire. Aurait-il un « tuyau »?

Il éclata d'un rire qui lui fendit le visage presque jusqu'au front.

— Et c'est pour ça que tu m'as fait venir?

Il sortit une cigarette d'un étui en cuir, qu'il referma d'un geste nerveux. Il se cala au fond du divan. Là, en face de nous, tout lisse et replet, il avait l'air de sortir d'un bain parfumé. D'ailleurs, il sentait le Penhaligon's.

Il était grave, brusquement. Il fronçait les sourcils.

— Eh bien oui, je connais des gens à l'ambassade de Chine populaire, Toto. Seulement... seulement... — Et il suspendait sa phrase, comme s'il voulait nous faire languir. — Seulement, il va être difficile de leur parler de toi...

Je m'étonnais que Marignan ne fît aucune

allusion à Roger Fu-seng, mais il devait avoir ses raisons.

— Il suffirait que je voie un sous-secrétaire quelconque, dit Marignan.

Wo-heu n'avalait pas la fumée et la rejetait d'un seul coup. Chaque fois, un nuage compact masquait son visage.

— Bien sûr, dit-il. Seulement, la Chine populaire n'a rien à voir avec la Chine que nous avons connue. Comprends-tu, mon Toto ?

— Oui... dit Marignan.

— J'ai des rapports avec un attaché commercial, dit Wo-heu en regardant vers les fenêtres et le fond de la pièce, comme s'il suivait le vol d'un papillon. Mais pourquoi veux-tu retourner là-bas ?

Marignan ne répondait pas.

— Tu ne reconnaîtras rien, mon Toto.

La pénombre entrait peu à peu dans la pièce. Marignan n'allumait pas les lampes. Ils s'étaient tus, l'un et l'autre. George Wo-heu fermait les yeux. Marignan avait une ride qui lui barrait la joue droite. Le bruit d'une porte qu'on refermait. Une silhouette pastel. Geneviève Catelain.

— Pourquoi restez-vous dans le noir ? demanda-t-elle.

Wo-heu s'était levé d'un bond et lui baisait la main.

— George Wo... Quelle bonne surprise...

Nous avons raccompagné Wo jusqu'à une station de taxi, avenue d'Iéna.

— Je vous téléphonerai, nous a-t-il dit. De la patience. Beaucoup de patience.

Nous avions l'impression, Marignan et moi, d'avoir fait un pas décisif.

*

Nous attendions les coups de téléphone de George Wo-heu, avenue de New York, dans la chambre de Marignan. On y accédait en montant un petit escalier qui partait du vestibule de l'appartement. Sur la table de nuit, une photo de Génevieve Catelain, à vingt ans, le visage lisse et le regard plus lumineux que d'habitude. Elle était coiffée d'un casque d'aviatrice d'où dépassait une mèche blonde. Marignan m'expliqua qu'elle avait jadis battu des records du monde dans de « vieux coucous impossibles ». J'étais amoureux d'elle.

George Wo-heu appelait vers le soir, mais cela pouvait être aussi bien à sept heures qu'à dix. Pour tromper notre impatience et notre anxiété, Marignan me dictait des notes, tout en consultant un vieux Bottin de Shanghai.

c. t. WANG 90 rue Amiral-Courbet   09 12 14

JEWISH SYNAGOGUE « BETH-EL » 24 Foo-chow Road

D. HARDIVILLIERS 2 Bubbling Well Road   07 09 01

VENUS 3 Setchouen Road   10 41 62

D'AUXION DE RUFFÉ 20 Zeng wou Tseng   01 41 28

ÉTABLISSEMENTS SASSOON Soochow
Creck   78 20 11
GRANDS MAGASINS SINCÈRE Nanking
Road   40 33 17

Un grelottement. Nous ne décrochions pas avant d'être sûrs qu'il s'agissait bien de la sonnerie du téléphone. Marignan prenait le combiné et moi l'écouteur. Les répliques échangées étaient toujours les mêmes :

— Allô, George Wo? disait Marignan d'une voix blanche.

— Comment vas-tu Henri?

— Bien, et toi?

— Très bien.

Quelques secondes de silence.

— Quoi de neuf, Wo? demandait Marignan d'un ton faussement enjoué.

— Je prends des contacts.

— Alors?

— L'affaire suit son cours, mon Toto. Encore un peu de patience.

— Jusqu'à quand, George?

— Je te rappellerai. Au revoir, Henri.

— Au revoir, Wo.

Il raccrochait. Et chaque fois, nous étions vraiment déçus.

Du grand salon nous parvenait un bourdonnement de conversations. Il y avait du monde, comme d'habitude. Geneviève Catelain nous faisait signe. Nous marchions vers elle à travers les petits groupes des invités mais ne parlions à personne. Elle nous accompagnait.

— A tout à l'heure, Henri, disait-elle à Marignan. Ne rentre pas trop tard.

Elle se tenait sur le pas de la porte, blonde et chargée d'une mystérieuse électricité, qui me remuait, moi.

La nuit commençait. Souvent, nous retrouvions George Wo-heu et allions dîner tous trois à La Calavados, un restaurant nostalgique de l'avenue Pierre-1er-de-Serbie où nous restions en sa compagnie jusqu'à deux heures du matin. Cette épreuve nous laissait les nerfs à vif. En effet, il ne servait à rien de lui poser une question directe au sujet des contacts qu'il avait ou non pris pour nous à l'Ambassade. Il évitait de répondre en changeant de conversation, ou en énonçant une remarque d'ordre général, telle que : « Les ambassades sont comme les lièvres. Il faut s'approcher d'elles lentement pour ne pas les effrayer, hein, Toto ? » Son sourire lui fendait le visage. Marignan ne l'attaquait jamais de front et procédait par subtiles allusions et incidentes sournoises. George Wo-heu les esquivait une par une. A bout de forces, Marignan finissait par lui dire : « Est-ce que tu crois que nous pourrons quand même rencontrer quelqu'un de l'Ambassade ? » A quoi Wo-heu répondait invariablement : « Tu sais bien que la Chine est une longue patience, mon Toto, et qu'il faut la mériter. » Il tirait sur sa cigarette, soufflait aussitôt, et son visage disparaissait derrière un écran de fumée.

Avant de nous quitter, il nous disait :

— Je vous téléphonerai demain. Il y aura peut-être du nouveau. Au revoir.

Alors Marignan et moi, pour nous redonner espoir et courage, nous buvions un dernier verre dans la salle désertée de La Calavados. Quelle serait la réaction de Roger Fu-seng quand il apprendrait que son vieil ami Henri, du *Journal de Shanghai,* voulait le revoir ? Il ne pouvait pas avoir oublié. C'était impossible.

Une liaison allait bientôt s'établir entre la France et la Chine, à travers les kilomètres et les années. Mais Wo-heu avait sans doute raison et il ne fallait rien précipiter. On risquait de briser ce fil de la vierge.

Avenue de New York, devant la porte de l'immeuble, Marignan me serrait la main :

— Pas un mot de cette histoire de Chine à Geneviève, hein, mon vieux ? Je compte sur vous. A demain. Ne vous en faites pas. Le but est proche.

Je rentrais dans ma petite chambre du square de Graisivaudan. Je m'accoudais à la fenêtre. Pourquoi Marignan voulait-il partir en Chine ? Dans l'espoir d'y retrouver sa jeunesse, me disais-je. Et moi ? C'était l'autre bout du monde. Je me persuadais que là se trouvaient mes racines, mon foyer, mon terroir, toutes ces choses qui me manquaient.

Le téléphone sonnait et, contrairement à la promesse de notre intercesseur, il n'y avait jamais rien de nouveau. Nous passions maintenant nos journées à attendre dans un café de l'avenue de New York, à côté de l'immeuble. George Wo-heu venait nous y rejoindre.

Marignan buvait sec des alcools sucrés, et je me laissais aller à l'imiter. A soixante ans, il paraissait beaucoup plus résistant que moi. Il était moitié briard, moitié beauceron et son physique avait gardé une lourdeur et une solidité paysannes. Sauf le regard, bien sûr, qui trahissait un délabrement intérieur.

Il me parlait des champs de lotus de Suchow. Très tôt, le matin, nous traverserions le lac sur une barque et nous verrions les lotus s'ouvrir au lever du soleil.

Les jours passaient. Nous ne quittions plus ce café. Nous nous laissions envahir par une sorte d'accablement. Nous connaissions encore des instants d'espoir et d'euphorie, avec la certitude que nous allions partir. Mais les saisons changeaient. Bientôt, il n'y eut plus autour de nous qu'un brouillard tendre, traversé par la silhouette de moins en moins précise de George Wo.

III

La rue Léon-Vaudoyer et quelques autres
petites rues toutes semblables à elles forment une
enclave incertaine entre deux arrondissements.
Vers la droite commence l'aristocratique sep-
tième, vers la gauche, c'est Grenelle, l'Ecole
militaire et jadis le vacarme des brasseries à
soldats de La Motte-Picquet.

Ma grand-mère a habité cette rue Léon-Vaudoyer. A quelle époque ? Au cours des années
trente, je crois. A quel numéro ? Je l'ignore, mais
les immeubles de la rue Léon-Vaudoyer ont tous
été construits sur le même modèle vers 1900, de
sorte que les mêmes entrées, les mêmes fenêtres,
les mêmes encorbellements forment de chaque
côté une façade monotone d'un bout à l'autre de
la rue. Dans la trouée, on voit la tour Eiffel. Sur le
premier immeuble à droite, une plaque indique :
« Propriété des rentiers de l'avenir ». Elle vivait
là, peut-être. D'elle, je ne sais presque rien. Je ne
connais pas son visage car toutes les photographies — s'il y en avait — ont disparu. Elle était la

fille d'un tapissier de Philadelphie. Mon grand-père, lui, avait passé son enfance et une partie de sa jeunesse à Alexandrie, avant de partir pour le Venezuela. Par quels hasards s'étaient-ils rencontrés à Paris et avait-elle échoué, à la fin de sa vie, rue Léon-Vaudoyer ?

J'ai suivi, à mon tour, le chemin qu'elle devait prendre pour rentrer chez elle. C'était un après-midi ensoleillé d'octobre. J'ai arpenté toutes les rues avoisinantes : rue César-Frank, rue Albert-de-Lapparent, rue José-Maria-de-Heredia... Dans quels magasins avait-elle ses habitudes ? Il y a une épicerie rue César-Franck. Existait-elle déjà ? Rue Valentin-Haüy, un vieux restaurant porte encore sur sa vitre l'inscription en arc de cercle : « Vins et liqueurs ». Ses deux fils l'y ont-ils emmenée, un soir ?

Je me suis engagé dans la rue Léon-Vaudoyer, d'abord en venant de l'avenue de Saxe, ensuite par la rue Pérignon, m'arrêtant devant chaque entrée d'immeuble. Dans les cages d'escalier, des ascenseurs tous semblables, et l'un d'eux était celui qu'elle prenait. Elle avait connu des fins d'après-midi paisibles comme celle-là, lorsqu'elle rentrait chez elle sous le même soleil et le long du même trottoir. Et l'on oubliait la guerre qui venait.

Au coin de l'avenue de Saxe, j'ai jeté un dernier regard sur la rue Léon-Vaudoyer. Une rue sans charme, sans arbres, comme il en existe des dizaines d'autres à la lisière des quartiers bour-

44

geois de Paris. Tout près, avenue de Saxe, je suis entré dans une vieille librairie. Y venait-elle acheter quelquefois un roman? Mais non, la libraire m'a dit qu'elle n'était là que depuis quinze ans, et qu'auparavant une modiste occupait ce même local. Les magasins changent de propriétaire. C'est le commerce. On finit par ne plus savoir très bien la place exacte qu'occupaient les choses. Ainsi, en 1917, quand les Berthas menaçaient Paris, ma grand-mère avait emmené ses enfants du côté d'Enghien, chez un parent à elle, un certain James Levy. On est venu le chercher un jour et personne ne l'a plus jamais revu. Ma grand-mère a écrit à la Sûreté et au ministère des Armées. Sans succès. Elle en a conclu qu'on avait fusillé James Levy par erreur, comme espion allemand.

J'ai voulu moi aussi en savoir plus, mais je n'ai pas encore trouvé la moindre trace, la moindre preuve du passage de James Levy sur la terre. J'ai même consulté des archives à la mairie d'Enghien. Etait-ce du côté d'Enghien, d'ailleurs?

IV

A dix-huit ans, ma mère commença une carrière cinématographique dans sa ville natale d'Anvers. Jusque-là, elle avait travaillé à la Compagnie du Gaz et pris des cours de diction, mais quand un studio fut bâti sur la Pyckestraat, à l'initiative d'un certain Jan Vanderheyden, elle s'y présenta et fut engagée.

Très vite, une équipe s'était formée autour de Vanderheyden qui utilisa toujours les mêmes acteurs et les mêmes techniciens. Il s'occupait à la fois de la production et de la mise en scène et tournait ses films en un temps record. Le studio de la Pyckestraat était une véritable ruche, si bien que les journalistes l'appelèrent : « De Antwerpche Hollywood », ce qui veut dire : « L'Hollywood anversois ».

Ma mère fut la très jeune vedette de quatre films de Vanderheyden. Il tourna les deux premiers : *Cet homme est un ange* et *Janssens contre Peeters* au cours de l'année 1939. Les deux suivants : *Janssens et Peeters réconciliés* et *Bonne chance, Monique* datent de 1941. Trois de ces films sont des comédies populaires et anversoises qui font de Vanderheyden — comme l'a écrit un critique de l'époque — un « Pagnol des bords de l'Escaut ». Le quatrième, *Bonne chance, Monique,* est une comédie musicale.

Entre-temps, la compagnie de production de Vanderheyden était passée sous contrôle allemand et ma mère fut envoyée pour quelques semaines à Berlin où elle tint un petit rôle dans *Bel Ami* de Willi Forst.

En cette année 1939, elle signa aussi un engagement à l'Empire Theater d'Anvers. Elle y était tour à tour « girl » et « mannequin ». De juin à décembre, on joua à l'Empire une adaptation de *No, No, Nanette* et ma mère y parut. Puis à partir de janvier 1940, elle figura dans une revue « d'actualité » qui s'appelait : *Demain, tout ira mieux.* Elle était au centre du tableau final. Tandis que les girls dansaient avec des parapluies « Chamberlain », on voyait ma mère s'élever sur une nacelle, la tête entourée de rayons d'or. Elle montait, montait et l'averse cessait, les parapluies se refermaient. Elle était l'image du soleil qui se levait et dissipait de sa lumière toutes les ténèbres de l'année 40. Du haut de sa nacelle, maman saluait le public et l'orchestre jouait un pot-pourri. Le rideau tombait. Chaque fois, les machinistes, pour lui faire une farce, l'abandonnaient sur sa nacelle, tout là-haut, dans l'obscurité.

Elle habitait au premier étage d'une petite maison proche du quai Van-Dyck. L'une de ses fenêtres s'ouvrait sur l'Escaut et sur la terrasse-promenoir qui le borde, avec le grand café, au bout. Empire Theater, où chaque soir elle se maquillait dans sa loge. Bâtiment de la Douane. Quartier du port et des bassins. Je la vois qui traverse l'avenue tandis qu'un tramway passe en brinquebalant, et la brume finit par noyer sa lumière jaune. C'est la nuit. On entend les appels des steamers.

Le costumier de l'Empire s'était pris d'affection pour ma mère et voulait lui servir d'imprésario. Un homme joufflu, aux grosses lunettes d'écaille, qui parlait d'une voix très lente. Mais la nuit, dans une boîte à marins du quartier grec, il faisait un numéro chantant, costumé en Mme Butterfly. Selon lui, les films de Vanderheyden, aussi charmants et aussi nombreux fussent-ils, n'assureraient pas la carrière d'une actrice. Il fallait viser plus haut, ma petite. Et justement, il connaissait des producteurs importants qui s'apprêtaient à tourner un film mais cherchaient encore une jeune fille pour le second rôle. Il leur présenta ma mère.

Il s'agissait d'un certain Félix Openfeld et de son père qu'on appelait Openfeld Senior. Ce dernier, courtier en pierres précieuses à Berlin, s'était replié à Anvers après qu'Hitler eut pris le pouvoir en Allemagne et qu'une menace eut commencé à peser sur les entreprises juives.

48

Le fils, lui, d'abord directeur de production de la Compagnie cinématographique allemande Terra-Film, avait ensuite travaillé aux Etats-Unis.

Ma mère leur plut. Ils ne lui demandèrent même pas de faire un bout d'essai, mais la prièrent de jouer une scène du script, là, devant eux. Cela portait un titre : *Swimmers and Detectives (Nageuses et Détectives)* et avait été écrit sur mesure pour la jeune championne de natation olympique hollandaise Wily den Ouden qui voulait débuter au cinéma. D'après ce que m'en a dit ma mère, la trame policière assez lâche du scénario servait de prétexte à plongeons et à ballets aquatiques. Ma mère jouait le rôle de la meilleure amie de Wily den Ouden.

J'ai retrouvé le contrat qu'elle signa à cette occasion. Deux pages d'un papier bleu ciel, très épais et filigrané, à l'en-tête d'Openfeld-Films. Le O de Openfeld est très grand, avec une boucle élégante, des pleins et des déliés. A l'intérieur du O, une porte de Brandebourg miniature, finement gravée. Elle est là, je suppose, pour rappeler les origines berlinoises des deux producteurs.

Il est convenu que ma future maman recevra une somme forfaitaire de 75 000 francs belges, payable par tranches au début de chaque semaine de tournage. Et il est entendu entre les parties que ce salaire ne pourra subir aucun changement en augmentation ou en diminution jusqu'à l'expiration du contrat ou sa prolongation éventuelle. Il est bien spécifié aussi que l'on considérera le temps de maquillage et d'habillage comme travail de préparation et non comme travail effectif.

Au bas de la page, la signature appliquée de ma mère. Celle, très nerveuse, de Félix Openfeld. Et la troisième signature, encore plus hâtive et hachurée, sous laquelle on a tapé à la machine : Mr Openfeld Senior.

Le contrat porte la date du 21 avril 1940.

Ils invitèrent ma mère à dîner, ce soir-là. Le costumier était de la fête ainsi que le scénariste, Henri Putmann, dont on ne connaissait pas très bien la nationalité : Belge ? Anglais ? Allemand ? Wily den Ouden devait venir pour faire la connaissance de ma mère, mais elle fut retenue au dernier moment. Un dîner très gai. Les deux Openfeld — surtout Félix — possédaient cette courtoisie à la fois raide et enjouée, typiquement berlinoise. Félix Openfeld était optimiste pour le film. Une compagnie américaine s'y intéressait déjà. Depuis le temps qu'il essayait de les convaincre de lancer sur les écrans des comédies policières « sportives »... Au cours du dîner, ils prirent une photo, que j'ai, là, sur mon bureau. L'homme aux cheveux noirs lustrés et ramenés en arrière, avec sa moustache très fine et ses belles mains : Félix Openfeld. Les deux gros, un peu en retrait : Putmann et le costumier. Le vieux à tête de belette mais dont les yeux ont un ovale magnifique : Openfeld Senior. Enfin, la jeune fille qui ressemble à Vivien Leigh, c'est ma mère.

Au début du film, elle jouait toute seule pendant une séquence. Elle rangeait sa chambre en chantant et elle répondait au téléphone. Félix Openfeld, qui assurait la mise en scène, avait décidé de suivre l'ordre chronologique de l'histoire.

Le premier jour de tournage avait été fixé le vendredi 10 mai 1940 aux studios Sonor de Bruxelles. Ma mère s'y trouverait à dix heures et demie du matin. Comme elle habitait Anvers, elle prendrait le train très tôt.

La veille, elle reçut une avance sur son cachet grâce à laquelle elle acheta une jolie mallette de cuir et des produits de beauté d'Elizabeth Arden. Elle rentra chez elle en fin d'après-midi, travailla encore un peu à son rôle, dîna et se coucha.

Vers quatre heures du matin, elle fut réveillée par ce qu'elle crut d'abord être un coup de tonnerre. Mais cela faisait encore plus de bruit — un grondement sourd et prolongé. Des ambulances passaient sur le quai Van-Dyck, des gens se penchaient aux fenêtres. Des sirènes hurlaient dans toute la ville. Sa voisine de palier lui expliqua en tremblant que l'aviation allemande bombardait le port. Il y eut une accalmie et ma mère se rendormit. A sept heures le réveil sonna. Sans perdre de temps, elle alla attendre le tramway, sur la petite place, sa mallette à la main. Le tramway ne venait pas. Des groupes de gens marchaient en parlant à voix basse.

Elle finit par trouver un taxi, et pendant tout le trajet jusqu'à la gare, le chauffeur répétait comme une antienne : « Nous sommes foutus... foutus... foutus... »

Il y avait foule dans le hall de la gare et ma mère se fraya à grand-peine un passage jusqu'au quai de départ du train pour Bruxelles. On entourait le contrôleur, on lui posait des questions : non, le train ne partait pas. Il attendait des instructions. Et la même phrase revenait sur toutes les lèvres : « Les Allemands ont franchi la frontière... Les Allemands ont franchi la frontière... »

A la radio, au bulletin de 6 h 30, le speaker avait annoncé que la Wehrmacht venait d'envahir la Belgique, la Hollande et le Luxembourg.

Ma mère a senti que quelqu'un lui touchait le bras. Elle s'est retournée ; Openfeld Senior, coiffé d'un feutre noir. Il était mal rasé, son visage de belette avait rétréci de moitié et ses yeux s'ouvraient démesurément. Deux immenses yeux bleus, au milieu d'une tête minuscule, de celles que collectionnent les Indiens Jivaros. Il l'entraînait hors de la gare.

— Il faut rejoindre Félix aux studios... à Bruxelles... prendre un taxi... vite... un... taxi...

Il avalait la moitié des mots.

Les chauffeurs ne voulaient pas accepter une aussi longue course parce qu'ils avaient peur des bombardements. Openfeld Senior réussit à en convaincre un, avec un billet de cent francs. Dans le taxi, Openfeld Senior dit à ma mère :

— On partagera la course.

Ma mère lui expliqua qu'elle n'avait emporté que vingt francs.

— Ça ne fait rien. On s'arrangera au studio.

Pendant le trajet, il ne parla pas beaucoup. Il consultait de temps en temps un carnet d'adresses et fouillait fébrilement dans les poches de son pardessus et de sa veste.

— C'est tout ce que vous emmenez comme valise? a-t-il dit à ma mère en désignant la mallette de cuir qu'elle tenait sur ses genoux.

— Comme valise?

— Excusez-moi... Excusez-moi... c'est vrai... vous restez ici, vous...

Il murmurait des phrases inaudibles. Il s'est retourné vers ma mère :

— Je n'aurais jamais pu penser qu'ils ne respecteraient pas la neutralité belge...

Il avait appuyé sur les syllabes de : neu-tra-li-té belge. Certainement, ces deux mots avaient représenté pour lui jusqu'à ce jour une vague espérance, et il avait dû souvent les répéter, sans y croire, mais avec beaucoup de bonne volonté. Maintenant, ils étaient balayés avec le reste. Neutralité belge.

Le taxi entra dans Bruxelles et ils suivirent l'avenue de Tervueren où quelques immeubles achevaient de brûler. Des équipes de pompiers remuaient les décombres. Le chauffeur demanda ce qui s'était passé. Il y avait eu un bombardement vers huit heures.

Dans la cour du studio Sonor une camionnette

et une grande automobile décapotable et chargée de bagages attendaient. Quand Openfeld Senior et ma mère entrèrent sur le plateau B, Félix Openfeld donnait des instructions à quelques techniciens qui rangeaient les caméras et les projecteurs.

— Nous partons pour l'Amérique, a dit Félix Openfeld à ma mère d'une voix assurée.

Elle s'est assise sur un tabouret. Openfeld Senior lui tendait un étui à cigarettes.

— Vous ne voulez pas partir avec nous ? Nous essaierons de tourner le film là-bas.

— Vous, vous n'avez pas de problèmes pour les frontières, a dit Félix Openfeld. Vous avez un passeport.

Ils comptaient rejoindre Lisbonne le plus vite possible, via l'Espagne. Félix Openfeld avait obtenu des papiers du consul du Portugal, un grand ami à lui, disait-il.

— Les Allemands seront à Paris demain et à Londres dans quinze jours, a déclaré Openfeld Senior en hochant la tête.

Ils ont chargé le matériel de cinéma dans la camionnette. Ils s'y mettaient à trois, les deux Openfeld et Grunebaum, un ancien opérateur de la Tobis, qui, bien que juif, était le sosie de Guillaume II. Ma mère le connaissait, parce qu'il avait voulu faire, la semaine précédente, un essai de lumière pour les gros plans. Grunebaum s'est installé au volant de la camionnette.

— Vous me suivez, Marc, lui a dit Félix Openfeld.

Il est monté dans l'automobile décapotable. Ma mère et Openfeld Senior ont pris place en se serrant sur le siège avant, à côté de lui. Le siège arrière était encombré par plusieurs valises et une malle-cabine.

Les techniciens du studio leur ont souhaité bon voyage. Félix Openfeld conduisait assez vite. La camionnette suivait.

— Nous essaierons de tourner le film en Amérique, répétait Openfeld Senior.

Ma mère ne répondait rien. Elle se sentait un peu étourdie par tous ces événements.

Place de Brouckère, Félix Openfeld gara l'automobile devant l'hôtel Métropole. La camionnette s'arrêta à son tour.

— Attendez... je reviens tout de suite...

Il entra en courant dans l'hôtel. Au bout de quelques minutes, il revint, portant deux bouteilles d'eau minérale et un grand sac.

— J'ai pris des sandwiches pour la route.

Il s'apprêtait à démarrer lorsque ma mère descendit précipitamment de l'automobile.

— Je... dois... rester, dit-elle.

Ils la regardaient tous deux avec un vague sourire. Ils ne lui ont pas dit un mot pour la retenir. Ils ont pensé, sans doute, qu'elle ne risquait rien, elle. Au fond, elle n'avait aucune raison de partir. Ses parents l'attendaient à Anvers. La camionnette est partie la première.

Les deux Openfeld ont agité les bras, en signe d'adieu. Ma mère agitait le bras, elle aussi. Félix Openfeld a démarré brusquement. Ou bien était-ce un coup de vent ? Openfeld Senior a perdu son feutre qui a roulé sur le trottoir. Tant pis pour le feutre. Il n'y avait pas une seconde à perdre.

Ma mère a ramassé le chapeau et elle a marché un peu au hasard.

Devant l'immeuble des comptes chèques postaux, il y avait une queue interminable d'hommes et de femmes qui voulaient retirer leur argent. Elle a suivi l'avenue du Nord jusqu'à la gare. Là, c'était la même cohue, la même foule hébétée qu'à la gare d'Anvers. Un porteur lui a dit qu'un train partirait vers quinze heures pour Anvers, mais il risquait d'arriver à destination très tard dans la nuit.

Au buffet, elle s'est assise dans un coin. Des gens allaient, venaient, sortaient, des hommes portaient déjà des uniformes. Elle entendait dire autour d'elle que la mobilisation générale avait été proclamée vers neuf heures. Un poste de radio, au fond de la salle, diffusait des bulletins d'informations. Le port d'Anvers avait subi de nouveau un bombardement. Les troupes françaises venaient de franchir la frontière. Les Allemands occupaient déjà Rotterdam. Accroupie à côté d'elle, une femme nouait les lacets de chaussures d'un petit garçon. Des voyageurs se querellaient pour une tasse de café, d'autres se bousculaient, d'autres, essoufflés, traînaient des valises.

Il fallait attendre le train jusqu'à quinze heures. Un léger mal de tête la gagnait. Elle s'aperçut brusquement qu'elle avait perdu sa mallette où étaient rangés les produits de beauté d'Elizabeth Arden et le scénario. Peut-être l'avait-elle laissée au studio Sonor ou dans l'automobile. Ce qu'elle avait gardé à la main sans y prêter attention jusque-là, c'était le feutre noir à bord roulé d'Openfeld Senior.

V

J'avais quinze ans, cet hiver-là, et mon père et moi, nous prîmes le train de dix-neuf heures quinze, en gare de Lyon. Nous avions consacré l'après-midi à divers achats. Pour lui, un imperméable et des souliers caoutchoutés, un pantalon de cheval et une bombe pour moi.

Il n'y avait pas d'autres voyageurs dans notre compartiment et quand le train s'ébranla, je sentis un poids contre la poitrine. Je regardais à travers la vitre le paysage de voies ferrées, de tours de contrôle et de wagons à l'arrêt. Ce fut la gare de marchandises, puis la gare de la Douane avec son clocher, et les tristes petits immeubles de la rue Coriolis, où deux silhouettes se découpaient en ombres chinoises à la clarté d'une fenêtre. Et voilà que nous avions quitté Paris.

Mon père, après avoir mis ses lunettes à doubles foyers, s'absorba dans la lecture d'un magazine. Je ne détachais pas mon front de la vitre. Le train traversait en trombe les gares de banlieue. Passé Maisons-Alfort, je ne pouvais plus lire leurs noms sur les panneaux lumineux. La campagne commençait. La nuit était tombée, mais cela ne troublait en rien mon père qui continuait à lire son magazine, tout en suçant de petites pastilles rondes et vertes.

Une pluie, si faible que je ne l'avais pas remarquée tout de suite, éraflait la vitre noire. L'ampoule du compartiment s'éteignait par instants, mais se rallumait aussitôt. Il y eut une baisse de courant et la lumière qui nous enveloppait était d'un jaune poussiéreux.

Nous aurions dû parler, mais nous n'avions pas grand-chose à nous dire. De temps en temps, mon père ouvrait la bouche et attrapait au vol une pastille qu'il avait lancée en l'air d'une pichenette de l'index. Il se leva, prit sa vieille serviette noire et en sortit un dossier dont il tournait les feuilles, lentement. Et il soulignait des lignes au crayon.

— Dommage que nous n'ayons pas trouvé une paire de bottes à ta taille, dit pensivement mon père en levant la tête de son dossier.

— ...

— Mais Reynolde t'en prêtera.

— ...

— Et le pantalon de cheval? Tu crois qu'il t'ira bien?

— Oui, papa.

Cette vieille serviette noire, posée à plat sur ses genoux, il ne s'en séparait jamais, et le dossier qu'il étudiait, il l'avait sans doute emmené avec lui pour le montrer à Reynolde. Quels étaient ses liens exacts avec Reynolde? J'avais assisté à plusieurs de leurs rendez-vous, dans le hall du Claridge. Ils échangeaient des dossiers ou se montraient des documents photocopiés qu'ils paraphaient, aux termes de longues discussions. Apparemment, Reynolde était un homme retors dont mon père se méfiait. Quelquefois, mon père se rendait au domicile de Reynolde, un petit hôtel particulier, rue Christophe-Colomb, près des Champs-Elysées. Je l'attendais en montant et descendant l'avenue Marceau. Quand il revenait, il était de mauvaise humeur. La dernière fois, il m'avait donné une tape sur l'épaule en prononçant cette phrase mystérieuse :

— A partir de maintenant, Reynolde va l'avoir « in the baba ». Je l'obligerai à tenir ses engagements

Et en pleine rue, il ouvrait un dossier, comptait les feuilles une à une, vérifiait les signatures.

Mon père s'est levé, a remis sa serviette noire dans le filet du porte-bagages. Quelques minutes d'arrêt en gare d'Orléans. Un employé passait, avec une caisse de sandwiches et des boissons. Nous avons choisi deux Orangina. Le train est reparti. La pluie frappait la vitre par rafales et je craignais que celle-ci ne se brisât. La peur me gagnait peu à peu. Le train filait à une allure d'enfer. Jusqu'à quand? Je m'efforçais de conserver mon sang-froid. Nous étions l'un en face de l'autre, buvant chacun notre bouteille d'Orangina à l'aide d'une paille. Comme sur une plage, en été.

Et moi je pensais qu'à cette même heure, nous aurions pu déambuler le long des grands boulevards et nous asseoir à la terrasse du café Viel... Nous aurions regardé les passants ou nous serions entrés dans une salle de cinéma, au lieu de nous enfoncer à travers des régions inconnues, sous la pluie. Tout était ma faute. Reynolde portait souvent un imperméable de cavalier, ce que les Anglais appellent *Riding Coat*. Un après-midi, je lui demandai s'il pratiquait l'équitation... Il se montra aussitôt intarissable et passionné et je dus convenir que je possédais quelques rudiments en la matière, puisque à l'âge de onze ans je fréquentais un manège. Reynolde s'était tourné vers mon père et nous avait proposé de venir passer « un week-end » dans sa propriété de Sologne. On y faisait beaucoup de cheval. Enormément de cheval. Une bonne occasion pour moi de monter à nouveau.

— Merci, monsieur Reynolde.

Et mon père, quand nous étions rentrés, m'avait expliqué qu'il fallait à tout prix que Reynolde nous invitât en Sologne. Là, Reynolde consentirait peut-être à signer certaines « choses importantes ». A moi de ramener, le plus tôt possible, la conversation sur le sport équestre et de persuader Reynolde que je ne rêvais que de chevaux.

Il était près de neuf heures et nous venions de

quitter Ozoir-le-Vicomte. D'après les indications de Reynolde, nous devions descendre au prochain arrêt. Mon père montrait une certaine nervosité. Il inspectait son visage dans la glace, se peignait, rajustait sa cravate et faisait quelques mouvements des bras pour assouplir sa veste de tweed neuve : elle avait une couleur feuille morte et des épaules trop rembourrées. Il me demanda de l'aider à mettre son nouvel imperméable. Il pouvait à peine enfiler les manches, tant la veste de tweed le gênait. Quand il eut revêtu l'imperméable, cela lui donnait une carrure et une taille de gladiateur. La doublure en lainage du Burburry's par-dessus la veste achevait de l'engoncer. C'était à peine s'il parvenait à lever le bras vers sa serviette noire.

Nous attendions dans le couloir du wagon. Le train s'arrêta en grinçant et mon père fit une grimace. Nous descendîmes sur le quai. Il ne pleuvait plus. Un seul lampadaire, à une vingtaine de mètres devant nous, et là-bas, tout au fond, une porte-fenêtre éclairée nous servirent de points de repère. Papa marchait avec raideur et difficulté, comme s'il était pris dans une armure. Il tenait sa serviette noire à la main. Et moi, je portais nos deux sacs de voyage.

La petite gare de Breteuil-l'Etang paraissait abandonnée. Au milieu du hall, sous la lumière blanche du néon, Reynolde nous attendait en compagnie d'un jeune homme affublé d'une culotte de cheval. Mon père serra la main de

Reynolde et celui-ci nous présenta le jeune homme. Il avait un nom à particule qui était lié à la construction du canal de Suez, et pour prénom : Jean-Gérard. A mon tour, je leur serrai la main et j'éprouvai une sorte de nausée en présence de Reynolde. Ce feutre gris, cette moustache, cette voix chaude et ce parfum d'eau de toilette m'avaient toujours causé un vif accablement.

Nous prîmes place, mon père et moi, sur le siège arrière de la Renault tandis que le jeune homme s'installait au volant et Reynolde à côté de lui.

— Pas trop fatigué ? demanda Reynolde à mon père, de sa belle voix grave.

— Non. Pas du tout, Henri

J'étais étonné qu'il l'appelât par son prénom. « Jean-Gérard » démarra de façon brutale et mon père se renversa contre moi. Je dus le pousser pour qu'il retrouvât sa position initiale. Décidément, cet imperméable le paralysait comme une coulée de plomb.

Nous avions rejoint une route assez large et les phares de la Renault découvraient des arbres, de chaque côté.

— Nous traversons la forêt de Sézonnes, nous dit Reynolde d'un air entendu. « Jean-Gérard » accélérait de plus en plus.

— J'ai perdu l'habitude de ces petites guimbardes, dit-il. De vraies saloperies.

— Jean-Gé, vous avez raconté à Montaignac

et à Chevert ce qui s'est passé hier soir ? demanda Reynolde.

— Pas encore.

Et tous deux pouffaient de rire. Ils ne nous expliquaient pas la raison de leur hilarité, mais semblaient prendre — du moins Reynolde — un certain plaisir à nous laisser en dehors de leur conversation.

— Je vois d'ici la tête de Chevert ! Il se fait tellement d'idées sur Monique !

— Emouvant, non, sa naïveté ?

— C'est un plouc de l'île Maurice...

Et ils continuaient à parler de gens que nous ne connaissions pas, avec des rires de gorge. Jean-Gé accélérait encore. Il lâcha le volant et tira une cigarette de sa poche. Il l'alluma calmement. Je fermai les yeux. Mon père me serra le bras. J'eus envie de demander à Reynolde s'il pouvait nous ramener à la gare. Et tout de suite. Nous prendrions le premier train à destination de Paris. Nous n'avions rien à faire ici. Je me tus pour ne pas désobliger mon père ni compromettre ses plans.

— Et votre tante ? demanda Reynolde. Est-ce qu'elle viendra dimanche ?

— On ne peut rien savoir d'avance avec ma chère tante, répondit Jean-Gé.

— Je l'adore, dit Reynolde d'une voix affectée. Daisy est une femme admirable.

La Renault s'engageait sur une petite route départementale.

— Nous sommes bientôt arrivés, dit Reynolde, en se tournant vers mon père. C'est la première fois qu'ils viennent à la Ménandière.

— Il va falloir fêter ça, dit Jean-Gé, indifférent.

Il freina brutalement et mon père, projeté en avant, heurta de la tête la nuque de Reynolde.

— Excusez-moi, Henri, dit-il, d'une voix blanche.

— Vous êtes excusé. Est-ce que votre fils a emmené une tenue de cheval ?

— Oui, monsieur Reynolde, dis-je.

— Vous pouvez m'appeler Henri.

— Oui, monsieur Henri Reynolde.

Je tirai mon père hors de la voiture. Nous nous trouvions devant un portail. Reynolde l'ouvrit d'un coup d'épaule. Nous traversâmes une cour pavée que cernait un corps de bâtiment, et au milieu de laquelle je remarquai un puits. La lumière venait du perron.

Jean-Gé sonna une dizaine de coups et il prenait un malin plaisir à carillonner ainsi. La porte s'ouvrit sur une femme blonde en robe du soir.

— Ma femme, me dit Reynolde.

— Bonsoir Maggy, dit mon père, et j'étais surpris de cette familiarité.

— Bonsoir, madame, dis-je, en m'inclinant.

Jean-Gé lui baisa la main, mais en approchant les lèvres de très près, sans toucher la peau.

Des manteaux étaient posés pêle-mêle sur un grand canapé. Elle nous fit signe de nous débarrasser. J'aidai mon père et j'eus beaucoup de mal à l'extraire de son Burberry's. Je me demandais si nous ne serions pas contraints de fendre les manches à l'aide d'un canif. Nous entrâmes dans une grande pièce au fond de laquelle on avait dressé une table d'une dizaine de couverts. Plusieurs personnes étaient assises autour de la cheminée et, parmi elles, deux jeunes femmes que Jean-Gé prit familièrement par les épaules, et qui en parurent ravies.

Ce fut au cours du dîner que je pus à loisir observer les convives et le décor qui nous entourait. Reynolde nous avait placés, mon père et moi, en bout de table, comme si nous dépareillions l'assemblée. Jean-Gé se tenait entre les deux jeunes femmes dont l'une parlait avec un accent anglais. Apparemment, elles n'avaient rien à lui refuser et il les pelotait un peu, chacune à son tour. Il s'adressait en anglais à la brune, et Reynolde chuchota qu'elle était la fille du duc de Northumberland. La blonde, en dépit de ses allures délurées, appartenait sans doute elle aussi à une excellente famille.

Maggy Reynolde présidait. A sa droite et à sa gauche, un couple qui m'avait surpris, parce que l'homme et la femme étaient tous deux habillés de velours noir, pantalon et veste d'une coupe sportive pour la femme, costume très ajusté pour l'homme. Ils se ressemblaient, bien qu'ils fussent mari et femme. Mêmes cheveux bruns, même sourire éclatant, même teint bronzé. J'avais senti à leur démarche balancée et à leur manière de se tenir la main qu'ils prenaient, l'un comme l'autre, un très grand soin de leurs personnes. Ils avaient des gestes identiques et synchronisés, et sur leurs deux visages flottait une expression de fatuité sensuelle. J'appris que l'homme, un certain Michel Landry, dirigeait une revue de « sport et de loisir ».

Enfin, à côté de Mme Landry, un individu d'une soixantaine d'années, le teint bistre, le visage émacié, la moustache mince et les yeux d'un bleu très coupant. Il portait une chevalière sur le chaton de laquelle étaient gravées des armoiries. Il s'appelait le comte Angèle de Chevert, et d'après ce que je crus comprendre, appartenait à une vieille famille de l'île Maurice, d'où la couleur de sa peau.

La conversation s'engagea bientôt sur la chasse et on parla d'armes à feu de diverses origines dont Landry détaillait les avantages respectifs. Chevert hochait la tête avec un sérieux créole, mais Jean-Gé contredisait sans cesse Landry. On cita un duc, qui avait un château dans les environs. Jean-Gé l'appelait oncle Michel, et Reynolde : Michel tout court. Ce duc était, d'après eux, le premier fusil de France, et ce titre de « premier fusil de France », qu'ils énonçaient d'un ton respectueux, me causa, à moi, un haut-le-cœur.

Mon malaise s'aggrava quand j'entendis Landry poser cette question à Chevert et à Reynolde :

— Et comment va la meute ?

— Nous verrons après-demain, répondit Chevert, d'une voix sèche.

— Ça va être une chasse superbe, dit la jeune femme blonde, d'un ton gourmand.

— Vous serez les deux fées de l'équipage, dit Jean-Gé, en embrassant l'Anglaise et la blonde dans le cou.

— Elles aussi, Gé, dit Reynolde, en désignant Maggy Reynolde et la femme de Landry.

— Bien sûr, bien sûr, qu'elles seront des fées.

Et par-dessus la table, Jean-Gé pressait leurs mains, à toutes les deux. Elles éclataient de rire.

Reynolde se tourna vers moi :

— Ce sera votre première chasse à courre ?

— Oui, monsieur Reynolde.

Il tapa sur l'épaule de mon père.

— Vous êtes content, Aldo, que votre fils participe à une chasse à courre ?

— Oh, oui, Henri. Très content.

Les autres, qui nous avaient ignorés jusque-là, nous dévisageaient avec curiosité.

— Je suis ravi, Henri.

Papa demeurait impénétrable et massif, derrière ses lunettes à doubles foyers.

Moi, je craignais de m'évanouir, ce qui n'était guère courageux, pour un jeune homme de quinze ans.

— Vous ne pouviez pas mieux tomber, me dit Landry. Le plus bel équipage de France. Et le plus grand maître d'équipage d'Europe...

— Vous êtes gentil pour oncle Michel, dit Jean-Gé, goguenard.

— Non, Jean-Gérard, il n'est pas gentil, dit gravement Chevert. Il y a eu trois grands veneurs depuis cent ans : Anne d'Uzès, Philippe de Vibraye et votre oncle...

Cette phrase fut suivie de quelques secondes de silence. Tout le monde était ému, Reynolde le premier. Chevert se tenait le buste très droit, le menton haut, comme s'il venait de proférer une parole historique. Mon père essayait de contenir une petite toux nerveuse. Ce fut Jean-Gérard qui rompit le charme.

— Vous en savez des choses, à l'île Maurice, dit-il à l'adresse de Chevert.

— Je vous en prie, dit Chevert d'une voix sèche. — Puis il ajouta : Oui, nous savons beaucoup de choses, à l'île Maurice !

On apportait un plat imposant. Quand la dame au chignon qui faisait le service le posa sur la table, la femme de Landry, la jeune Anglaise et la blonde battirent des mains.

— Merveilleux, s'exclama Landry.

— Un vrai paon de Chaumont, dit Reynolde.

Et il fit un geste du pouce dont la brutalité tranchait avec les propos distingués que je venais d'entendre.

— Il paraît que c'est aphrodisiaque, dit la femme de Landry. Vous êtes au courant, Maggy ?

La dame nous présenta le plat, à mon père et à moi, pour que nous nous servions.

— Il faut que je vous explique, nous dit Reynolde en articulant les mots comme s'il parlait à des sourds. Le paon de Chaumont est nourri de bourgeons de cèdre et farci de truffes et de noisettes.

Je me raidissais pour réprimer une envie de vomir.

— Goûtez-le ! Vous m'en direz des nouvelles !

Il remarqua, au bout d'un certain temps, que je n'en avais pas mangé une seule bouchée.

— Allons, goûtez ! C'est un crime, mon vieux, de laisser ça dans votre assiette !

A partir de cet instant-là, une sorte de métamorphose se fit en moi. Ils me lançaient tous — sauf papa — des regards froids et consternés.

— Allez, mon vieux ! Goûtez ! répéta Reynolde.

Ma timidité et ma docilité maladives avaient disparu et je compris brusquement à quel point elles étaient superficielles. J'avais l'impression de perdre une vieille peau desséchée. Je lui lançai d'une voix sans réplique :

— Je n'en mangerai pas une miette, monsieur.

Mon père se tourna vers moi, bouche bée. Les autres, aussi, dont j'avais certainement gâché le dîner. Tout à coup, je compris que je pouvais, moi, leur faire beaucoup plus de mal qu'ils ne pourraient jamais m'en faire, et aussitôt une vague de douceur et de remords me submergea.

— Excusez-moi, bredouillai-je. Excusez-moi.

Ce ne fut qu'au moment des liqueurs que

l'atmosphère se détendit. Bien sûr, ils me regardaient par en dessous, mais pour les rassurer, je m'efforçais de sourire. Et même, je déclarai à Reynolde, après avoir respiré un grand coup :

— Je suis content et très ému de pouvoir participer dimanche à la chasse à courre, monsieur Reynolde.

Je crois qu'ils finirent par oublier l'incident. Les bourgogne lourds du dîner y étaient pour quelque chose. Ils continuaient leurs libations. Alcool de poire, cognac, mirabelle, ils goûtaient à tout. Les femmes buvaient aussi très sec, surtout l'Anglaise et Maggy Reynolde. Nos verres, à papa et à moi, restaient pleins car nous n'avions pas osé refuser, quand on nous servait. Et la conversation roulait toujours sur la chasse à courre.

D'après ce que disait Chevert, un trait différenciait « l'oncle Michel » de tous les autres veneurs de France : il avait rétabli l'usage de la « curée aux flambeaux ».

— Un spectacle magnifique, Aldo ! s'écria Reynolde.

Mon père, de sa voix douce, leur demanda ce qu'ils entendaient par « curée aux flambeaux ». Jean-Gé, qui avait bu plus que les autres, eut un sourire attristé.

— Parce que monsieur ne sait pas ce qu'est une « curée aux flambeaux » ?

Chevert expliquait qu'à cette occasion toute la livrée en culotte de panne et en habits à la française portait des torches, tandis que des sonneurs de trompes... Je l'entendais à peine. Sa voix se perdait parmi les rires et les exclamations de Jean-Gé et de ses deux amies. Maggy Reynolde et la femme de Landry devisaient entre elles, et Landry caressait du bout de l'index la joue de sa femme, tout en parlant à Reynolde. Jean-Gé, lui, appuyait sa main sur l'épaule de l'Anglaise, mais ni elle, ni la blonde ne s'en formalisaient. Et Chevert, d'une voix presque inaudible, poursuivait son exposé.

Qu'attendions-nous, mon père et moi? N'aurait-il pas dû profiter du relâchement général pour attirer Reynolde dans un coin et lui faire signer les « papiers »? Ensuite, nous nous serions esquivés. Mais il fumait une cigarette. Rien ne troublait son impassibilité. Il était bien calé dans le fauteuil et ne bougeait pas d'un millimètre Après tout, il connaissait mieux que moi la marche à suivre.

Reynolde ranima le feu. Les briques de l'immense cheminée avaient une teinte un peu criarde. Des boiseries épaisses et claires couvraient les murs. Sur la table basse traînaient un presse-papiers en forme de fer à cheval et un livre de photographies consacré à la Spanische Reitschule de Vienne. Je remarquai d'autres accessoires exposés sur le mur, à gauche de la cheminée. Etriers, mors, cravaches de toutes sortes. Des gravures anglaises représentant des scènes de chasse à courre, et le petit chariot des apéritifs, en forme de tilbury, complétaient ce décor hippique.

J'avais du mal à garder les yeux ouverts. J'entendais un murmure de conversation et papa dire de temps en temps : « Mais bien sûr, Henri... mais oui, Henri... » L'Anglaise lançait des éclats de rire stridents. Chevert finit par se lever :

— Eh bien, je vais vous dire bonsoir.

Il baisa avec insistance les mains des dames. Jean-Gé et ses deux amies prirent congé à leur tour. Reynolde leur dit de choisir la grande chambre du second s'ils voulaient passer la nuit ici et s'ils trouvaient le lit assez large pour trois. Les Landry se retirèrent en se jetant l'un à l'autre de drôles de regards suggestifs. D'ailleurs, Landry n'avait pas cessé, durant la soirée, de caresser les jambes de sa femme.

— Cela ne vous fait rien, Aldo, de dormir dans la chambre du rez-de-chaussée avec votre fils ? demanda Reynolde à mon père.

— Mais rien du tout, Henri.

Une chambre basse de plafond, aux murs blanchis à la chaux. Aucun meuble, sauf deux lits jumeaux de style rustique et deux tables de nuit. Je déposai nos bagages par terre.

Reynolde nous quitta un instant pour chercher une deuxième lampe de chevet.

— Tu devrais aller embrasser gentiment Mme Reynolde, me dit mon père.

Je sortis de la chambre et me dirigeai vers la grande pièce où nous avions dîné. Maggy Reynolde était seule, devant la cheminée. Elle eut l'air étonnée de me voir. Je l'embrassai sur la joue. Aussitôt, ses deux mains me pressèrent la nuque et ses lèvres se collèrent aux miennes. A quinze ans, je n'avais encore jamais embrassé une femme de son âge. Sa main glissait jusqu'à ma ceinture qu'elle tentait de défaire. Je trébuchai et nous tombâmes sur l'un des fauteuils écossais. Des bruits de voix dans le couloir. Elle se débattait, mais je ne pouvais plus me dégager d'elle. Le front soudé à sa poitrine, je me laissais gagner, tout en l'étreignant, par une curieuse somnolence. Elle avait en effet cette blondeur confortable de certaines sociétaires de la Comédie-Française que je voyais jouer le dimanche en matinée.

Quand nous nous relevâmes, elle m'entraîna hors de la pièce. Reynolde et mon père étaient sur le seuil de la chambre. Mon père montrait à Reynolde un papier dactylographié. Celui-ci avait un stylo à la main.

— Tenez, me dit Reynolde, je vous ai apporté ça. Il faudra que vous me le potassiez cette nuit.

Il me tendait un petit livre sur la couverture duquel je lus : *La Chasse à Courre.*

— Bonsoir, lui dit mon père.

— Bonsoir, Aldo. Et merci pour vos conseils. Vous pouvez avoir confiance en nous. Et vous — il me désignait du doigt — je vous ferai monter demain matin au manège pour vous entraîner.

— Bonsoir, nous dit Maggy Reynolde. Elle bâillait.

Nous nous sommes allongés sur nos lits jumeaux et mon père a éteint sa lampe de chevet.

— Cette fois-ci, m'a-t-il dit en me désignant le papier dactylographié, il l'a presque complètement « in the baba ». Encore un peu de patience, mon vieux. Ce sont vraiment des gens redoutables.

Il a pouffé, et comme son rire était communicatif, nous avons enfoui nos têtes sous les oreillers pour ne pas être entendus.

Papa s'est endormi très vite. Moi, j'ai ouvert le livre et j'ai passé une partie de la nuit à apprendre ce qu'était ce sport *effrayant,* nommé chasse à courre.

Le lendemain, Reynolde nous réveilla vers huit heures. Il portait des culottes de cheval et me pria de mettre les miennes. Mon père crut bon de chausser ses souliers caoutchoutés.

Après avoir pris ce que Reynolde appelait un « breakfast », nous sortîmes par une porte-fenêtre et traversâmes un jardin bien entretenu dont une barrière blanche marquait les limites. Derrière, un grand pré, une écurie de trois boxes et une piste circulaire. Le cheval était déjà sellé et harnaché. Je n'avais plus qu'à monter dessus.

Reynolde s'était placé au milieu du manège et mon père assez loin de la piste. Il avait peur. Moi aussi, mais je tentais de garder mon sang-froid devant Reynolde. Il tenait un fouet à la main. Il le fit claquer à la manière des écuyers de cirque et le cheval partit au trot.

— Un peu de tape-cul, mon vieux !

Maintenant il prenait la voix d'un officier de Saumur. Il pointait le menton et faisait encore claquer son fouet. Pour rien. Pour l'art.

— Trot enlevé ! Serrez les genoux !

Il s'approchait de moi et tapait doucement sur mon mollet et mon talon gauche.

— Ça ne doit pas bouger ! Serrez ! Les talons plus bas !

Il revenait au centre du manège.

— Ne vous enfoncez pas dans les étriers ! Les talons plus bas !

Et il faisait claquer son fouet. Trois fois de suite.

Mon père n'osait pas me regarder. Il baissait la tête.

— Vous êtes un peu rouillé, cria Reynolde, mais vous allez vite récupérer. Maintenant, trot assis !

Encore le fouet. Après chaque claquement, il saluait d'une inclinaison de tête un invisible public.

— Vous pouvez venir plus près, Aldo.

— Non, Henri, répondit mon père, d'une voix hésitante.

— Les genoux ! nom de Dieu ! Vous avez compris ? Galop !

Il devenait méchant. Il lançait son fouet, comme pour partager en deux une mouche en plein vol et cela finissait par un bruit de pétard qui éclate.

Ça a bien duré deux heures. Vous êtes sur un cheval et vous tournez en rond sans savoir pourquoi. Et le cheval ne le sait pas, lui non plus. Au milieu du manège, un type que vous connaissez à peine et qui vous donne des ordres, un fouet à la main. Et votre père, à quelques mètres, inquiet et silencieux et contemplant la pointe de ses souliers caoutchoutés.

— Ça ira pour demain, m'a dit Reynolde en me tapotant l'épaule.

Nous étions quatre autour de la table du déjeuner. Reynolde, Angèle de Chevert, mon père et moi. Jean-Gé avait emmené les Landry et Maggy Reynolde au « château de son oncle », à quelques kilomètres.

— Ils auraient dû nous prévenir, remarqua Reynolde.

Au cours du déjeuner, mon père sortit de la poche intérieure de sa veste un papier qu'il présenta à Chevert.

— Vous pouvez signer, Angèle, dit Reynolde. Mais déjà mon père tendait à Chevert le stylo massif que nous avions acheté ensemble passage du Lido.

— Signez, Angèle. Aldo verra que nous ne sommes pas des farceurs.

Chevert s'exécuta. Mon père souffla pour sécher l'encre, plia soigneusement le papier et le remit dans sa poche intérieure.

Lui, si impénétrable d'habitude, devait éprou-

ver une vive émotion, puisque je lus sur ses lèvres
ces mots que personne n'entendit :

— « In the baba. »

— Une bonne chose de faite, déclara Reynolde. Et maintenant, nous allons voir la meute.

Reynolde conduisait la Renault. Nous suivîmes
une petite route et, après une dizaine de minutes,
nous arrêtâmes devant un chalet de style anglo-
normand. Les chiens se trouvaient dans un enclos
grillagé. Leurs aboiements prenaient peu à peu
une intensité inquiétante qui me broyait les
nerfs. Ils se jetaient contre le grillage et mon père
recula d'un bond.

— N'ayez pas peur, Aldo, lui dit Reynolde,
d'un ton protecteur.

Chevert haussa les épaules. Il parlait aux
chiens avec une grossièreté qui me choqua. Un
homme s'approchait à grandes enjambées, portant une tenue bleu foncé qui aurait pu être celle
d'un chef de gare. Il enleva sa casquette, la tint à
deux mains sur sa poitrine et sans faire attention à
Reynolde, salua Chevert d'une inclinaison de
tête.

— Bon après-midi, Monsieur le comte.

— La meute est-elle d'attaque ? demanda
Chevert.

— Oui, Monsieur le comte.

— Ça va barder demain, dit Chevert en se
frottant les mains.

— Et comment, Monsieur le comte !... Ses
lèvres s'ouvrirent sur une bouche édentée.

— Monsieur le duc va être aux anges, dit Reynolde, en quêtant de manière pitoyable un regard de la part de l'homme.

Mais celui-ci ne lui prêta pas la moindre attention. Il serra la main de Chevert et s'éloigna.

— Le valet de chiens, me dit Reynolde, solennel.

Nous demeurions, mon père et moi, devant le grillage, à contempler les chiens qui sautaient et aboyaient de plus en plus fort. Ils nous auraient volontiers déchiquetés, mais ce n'était pas leur faute et je leur pardonnais d'avance. Ils avaient presque tous une truffe large et retroussée, de grands yeux francs et des taches claires sur le poil.

Nous revînmes à la Ménandière. Reynolde et Chevert voulaient faire une courte sieste et nous restâmes au salon, papa et moi. Ce fut là qu'il m'annonça qu'il prendrait le train de seize heures pour Paris. Il parut étonné quand je lui dis que je voulais rentrer avec lui.

— Mais Reynolde tient à ce que tu participes à la chasse à courre, me répondit-il, d'une voix faible.

Il craignait que Reynolde ne fût surpris et vexé de mon départ et qu'il en conçût une brusque méfiance. Il me dit qu'il avait obtenu « toutes les signatures », mais qu'il fallait ménager Reynolde encore quelque temps sinon nous serions « chocolat ». Je lui réitérais mon désir de regagner Paris immédiatement. Je me refusais à rester dans cette campagne un jour de plus.

Il me promit d'en parler à Reynolde et, au besoin, d'inventer un prétexte qui justifierait mon retour précipité.

Reynolde vint nous rejoindre. Mon père lui exposa que je devais être à Paris le soir même pour accueillir un oncle vénézuélien.

— Réfléchissez bien, me dit Reynolde avec une certaine sévérité. Vous allez rater quelque chose d'unique.

Mon père fit une seconde tentative mais si timide qu'il n'acheva pas sa phrase.

Alors, je me tournai vers Reynolde. Dans un souffle :

— Je reste.

— Vous avez raison, me dit Reynolde. Ce sera une magnifique chasse à courre. Et il me jeta un regard reconnaissant.

Nous avons conduit mon père au train. Reynolde était au volant de la Renault, Chevert à côté de lui, papa et moi sur la banquette arrière. Papa avait revêtu, comme à l'aller, l'imperméable qui l'engonçait. Son visage reflétait une très vive satisfaction et je voyais bien qu'il maîtrisait, par instants, une envie de rire.

Sur le quai, nous n'avons pas pu échanger un mot. Chevert et Reynolde étaient trop près.

— Je compte sur vous, Aldo, a dit Reynolde à mon père. Nous vous laissons carte blanche. Tenez-nous au courant, Chevert et moi. Et je vous jure que vous pouvez avoir confiance en nous. N'écoutez pas les mauvaises langues.

— Mais bien sûr, Henri, a répondu mon père, affable.

Quand il est monté dans le wagon, il a eu le temps de me glisser à l'oreille :

— Cette fois-ci, ils l'ont complètement « in the baba ».

Le train s'ébranlait. Il agitait le bras à mon intention. Il ne pouvait plus rien pour moi, en dépit de sa grande gentillesse.

Nous avons pris une autre route que celle qui conduisait à la Menandière. Bientôt, nous avons franchi un portail et suivi une allée de gravier qui descendait en pente douce.

— Il faut que vous connaissiez le château du duc, me dit Reynolde, et qu'on vous présente Michel. Demain, ce sera votre maître d'équipage.

C'était un château de style mi-renaissant, mi-médiéval avec des créneaux, des tourelles, des pilastres à arabesque et de grandes lucarnes sculptées. Un parc l'entourait.

Au premier étage, nous entrâmes dans une grande pièce sombre et lambrissée. Là, sur les canapés, je reconnus les Landry, Jean-Gé et ses deux amies. Quelques bûches achevaient de se calciner au fond de la cheminée.

— L'oncle Michel n'est pas encore arrivé, dit Jean-Gé, d'une voix traînante.

Plus tard, Reynolde et Chevert me laissèrent seuls en compagnie des autres. Le jour tombait et comme ils n'allumaient pas l'électricité, nous baignions dans une demi-pénombre. Je crois que

Landry en profitait pour caresser sa femme dont la jupe relevée laissait voir les cuisses. Jean-Gé, lui, pelotait toujours avec lassitude l'Anglaise et la blonde. Et moi, je me demandais ce que je faisais là, dans le repaire du « premier fusil de France », mais une langueur de plomb me retenait sur mon fauteuil.

Le temps passait. Reynolde, sa femme et Chevert revinrent. On avait rallumé les lampes. Je compris qu'on attendait le duc pour dîner. Au bout d'une demi-heure, il fit son apparition. Un homme de petite taille qui se tenait très droit. Sa tête était celle d'un bull-terrier, avec un nez trop court et retroussé, de gros yeux clairs et des bajoues. Il avait une carnation de rouquin, des cheveux crépus et parlait d'une voix de stentor. Reynolde me présenta à lui. Il me salua à peine.

J'aurais voulu voir la duchesse, mais elle était absente ce soir-là. Une brune anguleuse la remplaçait, l'œil aux aguets des anciennes starlettes. Le duc lui prenait la main de temps en temps Elle s'appelait Monique.

Ils parlèrent encore de chasse, pendant le repas. Et de la curée aux flambeaux du lendemain, dont le duc venait de choisir l'emplacement. Reynolde avait pris l'accent dental de Jean-Gé et appelait le duc — mais l'était-il vraiment ? — « Mon vieux Michel ». Jean-Gé l'appelait « oncle Michel » sur un ton de respect très ironique

D'après leur conversation, je compris que le

duc était un homme consciencieux et discipliné qui faisait partie du Jockey, de l'Automobile Club et des Tastevins de Bourgogne.

On ignorait complètement ma présence et j'en étais très heureux. On oubliait même de me servir les pâtés de venaison, les viandes en sauces et les vins lourds que mon organisme fragile n'aurait pu supporter.

On se quitta vers dix heures et le duc, sur un mode badin et égrillard, déconseilla tout « débordement » pendant la nuit, car il fallait être d'attaque pour la chasse. La brune le suivit.

Je ne fermai pas l'œil de la nuit et le lendemain j'étais debout quand Reynolde entra dans ma chambre. Il avait revêtu la tenue rouge galonnée d'or de l'équipage du duc, et ressemblait à ce dompteur de Médrano que j'admirais dans mon enfance. Ils prirent tous un copieux petit déjeuner et moi un verre d'eau minérale. Chevert portait le même uniforme que Reynolde, et les Landry aussi. Je détonnais au milieu d'eux. Sur les visages de Maggy et de Mme Landry, je lisais une grande excitation.

— En forme, chérie ? demanda doucement Landry. Et il caressait la main de sa femme.

— Oh, oui, j'ai hâte de voir ça !

— Moi aussi, soupira Maggy Reynolde.

Chevert sifflotait. Reynolde se leva.

— Il est temps d'aller au « rapport », dit-il.

— C'est au carrefour de Beringhem, près du relais de chasse, dit Chevert.

Nous nous entassâmes dans la Renault. Reynolde conduisait. Cinq chevaux attendaient devant le relais de chasse, tenus en bride par les valets d'écurie.

— Vous prenez Rex, me dit sèchement Reynolde, en me désignant un grand cheval bai.

Nous étions en avance. Nous entrâmes dans le relais de chasse, une construction en forme de pagode. Sur le mur, une tête de sanglier empaillé, qui souriait de ses lèvres humaines. On avait allumé un feu.

Une carabine était accrochée au-dessus de la cheminée. Reynolde la prit et voulut me montrer de quelle manière on s'en servait. Il la chargea. Pour la première fois de ma vie, on me donnait une leçon de tir, que j'écoutais avec attention. Les uns après les autres, les membres de l'équipage affluaient, portant l'habit rouge et or.

— En selle, mon vieux ! me dit Reynolde.

Dehors, Chevert baisait la main d'une dame très entourée au mâle visage de douairière et aux cheveux gris. Sur leurs chevaux, Jean-Gé, l'Anglaise et la blonde s'interpellaient en riant. Landry tendait l'étrier à sa femme. Reynolde et Maggy se dirigeaient vers le duc qui faisait cabrer sa monture, un immense cheval blanc. Et tout autour, les habits rouge et or virevoltaient. Enfin, un valet de limier, tête nue, annonça que le cerf était à l'Estoile, un tout petit bois de bouleaux, assez proche, vers la droite.

J'ai pris la carabine et je me suis glissé dehors.

J'ai couru pendant près d'un kilomètre, jusqu'à un petit bois de bouleaux, peut-être celui que le limier indiquait aux membres de l'équipage. Je me suis couché sur le ventre, dans l'odeur de la terre mouillée et des feuilles mortes.

Je pensais à mon père répétant sa petite phrase : « Ils l'auront tous in the baba. » Oui, il faisait preuve d'une extrême futilité et d'une inconscience touchante. Les choses étaient beaucoup plus graves et plus tragiques qu'il ne le croyait. Mais oui, j'avais appris dans le petit livre de Reynolde le déroulement exact des opérations. Tout commencerait par les fanfares d'attaque. Que ferait la meute ? Il ne fallait pas trembler. Et d'abord, essayer de viser juste Ne pas tirer sur les femmes, quand même. Avoir la chance de faire voler en éclat, du premier coup, la tête de Reynolde ou celle du duc. Ou celle de Landry. Ou celle de Jean-Gé. Alors tous les autres arriveraient avec leurs chiens et leurs piqueurs, et bien qu'on se trouvât au cœur de la France, en Sologne, ce serait comme à Varsovie.

VI

C'était un soir du début du mois d'octobre de dix-neuf cent soixante-treize. Un samedi, à sept heures. Dans la librairie de la rue de Marivaux où je me trouvais, on avait allumé une radio. La musique s'est interrompue brusquement et on a annoncé que la guerre avait repris, au Proche-Orient, contre les Juifs.

Je suis sorti de la librairie, avec, sous le bras, quelques vieux volumes du théâtre de Porto-Riche. Je marchais vite, au hasard. Je me souviens pourtant que je suis passé devant l'église de la Madeleine et que j'ai suivi le boulevard Haussmann.

Ce soir-là, j'ai senti que quelque chose touchait à sa fin. Ma jeunesse? J'avais la certitude que plus rien ne serait comme avant et je peux indiquer la minute précise où tout a changé pour moi : à la sortie de la librairie. Mais sans doute beaucoup de gens, à la même heure, ont-ils éprouvé la même angoisse que moi, puisque c'est ce soir-là qu'a commencé ce qu'on appelle la

« crise » et que nous sommes entrés dans une nouvelle époque.

Il faisait nuit. Place Saint-Augustin, au balcon d'un immeuble, des lettres étincelaient : JEANNE GATINEAU. Il y avait une certaine animation sur la place et j'ai longé la vitrine d'un magasin où j'allais essayer, quand j'étais enfant, des chaussures et des anoraks pour l'hiver. Je me suis retrouvé au seuil de l'avenue de Messine et l'ai suivie sans rencontrer personne. J'écoutais frissonner les platanes. Là-haut, au bout de l'avenue, avant la grande grille dorée du parc Monceau, un café dont j'ai oublié le nom. Je me suis assis à une table, sur la terrasse vitrée, et j'avais devant moi la rue de Lisbonne dont les façades rectilignes fuyaient vers l'horizon. J'ai commandé un espresso. Je pensais à la guerre, et mon regard accompagnait la chute lente d'une feuille morte, une feuille du platane d'en face.

Nous n'étions que deux clients, à cette heure tardive. On avait éteint les néons de la salle, mais celui de la terrasse faisait encore ruisseler sur nous une lumière trop vive.

Il était assis près de moi, à deux ou trois tables d'intervalle et contemplait une façade d'immeuble, de l'autre côté de l'avenue. Un homme d'une soixantaine d'années dont le pardessus bleu marine était d'une coupe lourde et démodée. Je me souviens du visage un peu soufflé, des yeux ronds et clairs, de la moustache et des cheveux gris — soigneusement peignés en arrière. Il gardait une cigarette entre les lèvres, dont il tirait des bouffées distraites. Sur sa table, un verre à moitié empli d'un liquide rose. Je ne crois pas que ma présence ait attiré son attention. Pourtant, à un moment, il a tourné la tête vers moi, et je me demande encore si, oui ou non, j'ai rencontré son regard. Est-ce qu'il m'a vu ? Il a bu une gorgée du liquide rose. Il continuait à observer la façade de l'immeuble, attendant peut-être que quelqu'un en sortît. Il a fouillé dans un sac de plastique posé au pied de sa chaise, et il en a extrait un petit paquet de forme pyramidale et de couleur bleu ciel.

Je me suis levé et j'ai gagné la cabine téléphonique. J'ai vérifié dans l'annuaire de 1973 l'adresse de quelqu'un avec qui j'avais rendez-vous le lendemain, et j'ai cherché au hasard d'autres noms. Plusieurs d'entre eux, qui évoquaient un passé lointain, étaient inscrits à nouveau sur la liste des abonnés et j'allais de surprise en surprise : CATONI DE WIET, insaisissable depuis quinze ans, réapparaissait, 80, avenue Victor-Hugo — Passy 47-22. En revanche, plus de trace de « Reynolde », ni de « Douglas Eyben », ni de « Toddie Werner », ni de « Georges Dismaïlov », ni de tant d'autres que nous retrouverons un jour. . je m'amuse parfois à ces vérifications inutiles. Cela a duré un quart d'heure ou vingt minutes environ.

Quand je suis revenu sur la terrasse, l'homme au pardessus bleu marine avait le buste et la tête appuyés contre la table. Je lui voyais le haut du crâne. Son bras droit pendait, l'autre bras était replié et semblait protéger le verre de grenadine et le sac de plastique, comme l'aurait fait un écolier qui ne veut pas que son voisin jette un œil sur sa copie. Il ne bougeait pas. J'ai réglé mon espresso. Le garçon lui a tapoté doucement l'épaule et l'a secoué d'un geste plus assuré sans obtenir aucune réaction de sa part. Au bout d'un certain temps, il a bien fallu admettre qu'il était mort. Ils ont appelé Police-Secours. Je restais debout, près de sa table, hébété, à le regarder. Son verre était vide et le sac de plastique entrebâillé. Que contenait-il ? Le garçon et celui qui devait être le patron — un gros roux en chemise blanche à col ouvert — se demandaient l'un et l'autre, avec des voix de plus en plus aiguës et saccadées, comment cela avait bien pu arriver.

Le car de police s'est arrêté du côté de la rue de Monceau. Deux agents et un homme en civil nous ont rejoints. Je leur avais tourné le dos. Je crois qu'ils vérifiaient si l'homme était bien mort.

Le policier en civil m'a prié de le suivre en qualité de « témoin » et je n'ai pas osé lui dire que je n'avais rien vu. Le patron du café transpirait et fixait sur moi un regard inquiet. Il pensait probablement que j'allais refuser, car lorsque j'ai dit « oui », il a poussé un soupir et a hoché la tête en signe de reconnaissance. Il leur a dit : « Monsieur vous expliquera tout », et il avait hâte que nous partions. Ils ont transporté l'homme sur une civière jusqu'au car de police. Moi, je suivais, le sac de plastique à la main.

Le car s'est engagé dans la rue de Lisbonne. Il roulait de plus en plus vite le long de cette rue déserte et je devais m'agripper au rebord de la banquette pour ne pas tomber. Le policier en civil était assis sur la banquette d'en face. Un blond à tête de mouton et coiffure à crans. La civière était entre nous. Je faisais en sorte de ne pas regarder l'homme. Le blond à tête de mouton m'a offert une cigarette que j'ai refusée. Je serrais toujours, de la main gauche, le sac de plastique.

Au commissariat, ils m'ont demandé comment ça c'était passé et ils ont tapé à la machine ma déposition. Pas grand-chose. Je leur ai expliqué que l'homme s'était affaissé sur la table peu de temps après avoir bu sa grenadine. Ils ont fouillé dans le sac en plastique noir d'où ils ont sorti un petit magnétophone d'un modèle perfectionné et le paquet de forme pyramidale et de couleur bleu ciel que j'avais déjà remarqué. Celui-ci contenait un gâteau de l'espèce appelée millefeuille.

Au fond d'une des poches de sa veste, ils ont découvert un grand étui en cuir qui protégeait sa carte d'identité, une vieille photographie et divers autres papiers. Ainsi, nous avons appris qu'il se nommait André Bourlagoff, né en 1913 à Saint-Pétersbourg. Il était français depuis 1934 et travaillait pour une maison de location de magnétophones, rue de Berri. Son rôle consistait à aller chercher les magnétophones au domicile des clients quand ceux-ci ne les avaient pas rendus à temps. Il recevait pour cela un salaire assez médiocre. Il habitait un meublé, rue de la Convention, dans le quinzième arrondissement.

La photographie, très abîmée, datait d'au moins cinquante ans, à en juger par les habits et le décor : on y voyait un couple de jeunes gens d'allure patricienne, assis sur un canapé, et entre eux un enfant bouclé de deux ans environ.

Une fiche concernait le magnétophone que Bourlagoff transportait dans son sac en plastique. On y lisait l'adresse du client qui avait loué cet appareil : 45, rue de Courcelles, son nom et le prix qu'il avait payé. Bourlagoff, quand il s'était assis à la terrasse du café, venait donc du 45, rue de Courcelles, situé un peu plus bas.

Ils m'ont donné tous ces renseignements de façon très bénévole. Je les avais questionnés parce que je voulais savoir le nom de cet homme et quelques détails de plus, si c'était possible.

Je suis sorti du commissariat. Il était dix heures du soir. De nouveau, j'ai traversé la place Saint-Augustin et les lettres : JEANNE GATINEAU brillaient toujours au balcon de l'immeuble, d'un éclat adouci par le brouillard. Plus loin, le bruit de mes pas résonnait sous les arcades désertes de la rue de Rivoli. Je me suis arrêté à la lisière de la place de la Concorde. Ce brouillard m'inquiétait. Il enveloppait tout, les réverbères, les fontaines

91

lumineuses, l'obélisque, les statues des villes françaises, d'une nappe de silence. Et il avait une odeur d'éther.

J'ai pensé à la guerre qui avait repris ce jour-là, en Orient, et aussi à André Bourlagoff. Le client l'avait-il reçu poliment, tout à l'heure, quand il était venu chercher le magnétophone et réclamer l'argent ?

Un travail ingrat et bien obscur que celui d'André Bourlagoff. Quel itinéraire avait-il suivi de son meublé rue de la Convention jusqu'au 45 de la rue de Courcelles ? Avait-il fait le chemin à pied ? Alors, il avait certainement traversé le pont de Bir-Hakeim, avec, au-dessus de sa tête, le fracas des métros qui passent.

Elle avait donc commencé, cette vie, en Russie, à Saint-Petersbourg, l'année mille neuf cent treize. L'un de ces palais ocres au bord du fleuve. J'ai remonté le cours du temps jusqu'à cette année-là et je me suis glissé par l'entrebâillement de la porte dans la grande nursery bleu ciel. Tu dormais, ta petite main dépassant du berceau. Il paraît qu'aujourd'hui, tu as fait une longue promenade jusqu'au jardin de Tauride et que tu as dîné de bon appétit. C'est Mlle Coudreuse qui me l'a dit. Ce soir, nous resterons à la maison, ta mère et moi, en compagnie de quelques amis. L'hiver approche et nous irons sans doute passer avec toi quelques jours en Crimée, ou dans la villa de Nice... Mais à quoi bon faire des projets et penser à l'avenir ? Ce soir encore l'horloge du couloir sonne les heures

VII

Mais oui, dans ce petit cinéma du quartier des Ternes, on donnait en programme de complément, *Captain Van Mers du Sud*.

Un samedi soir d'août à Paris. Après le grand film, la plupart des spectateurs avaient quitté la salle où ne restait plus qu'une dizaine de personnes. Quand les lumières se sont éteintes, j'ai eu une contraction au creux de la poitrine.

Le générique se déroulait selon un vieil artifice : les pages d'un agenda qui tournent lentement au son d'une musique douce. Les lettres avaient une teinte brunâtre et une forme allongée. Le nom de Bella venait avant celui de Bruce Tellegen bien qu'ils fussent les deux vedettes, à part égale, de ce film. Mon nom à moi succédait à celui de l'opérateur, avec l'indication suivante : « adaptation » et « dialogue de ». Enfin, sur une dernière feuille éclatait en caractères gothiques et rouges : CAPTAIN VAN MERS DU SUD.

Un [...] belles dimensions cingle vers une [...] horizon, qu'une petite

à sa façon cristalline. Elle veille sur ton sor
d'enfant et te protège, comme les lumières,
qui clignotent, du côté des Iles.

tache verte. Et nous apercevons Bella, debout à la proue, les cheveux flottant au vent. L'émeraude de la mer et le bleu du ciel sont un peu trop criards et déteignent l'un sur l'autre. Nous avions eu de gros problèmes concernant la couleur. Le son non plus n'a jamais été au point. Ni l'interprétation, d'ailleurs. Et l'histoire ne présentait pas beaucoup d'intérêt. Mais ce soir-là, dans cette salle presque vide, en assistant à la projection de *Captain Van Mers du Sud...*

Sept ans auparavant, un producteur du nom d'Yvon Stocklin m'avait téléphoné très tard en me donnant rendez-vous chez lui, le lendemain. Nous parlerions d'un « projet ». Je ne connaissais pas ce Stocklin et je me suis souvent demandé par quel hasard lui-même avait appris que j'existais.

Il me reçut dans un appartement de l'avenue d'Iéna, dépourvu du moindre meuble. Je le suivis à travers l'enfilade des pièces vides et nous parvînmes à un salon où se trouvaient deux sièges de camping. Nous nous assîmes face à face. Il sortit une pipe de sa poche, la bourra consciencieusement, l'alluma, en tira une bouffée et la garda entre les dents. Cette pipe, je ne pouvais en détacher les yeux car elle était la seule chose stable et rassurante au milieu du vide et de la désolation de ce décor. Plus tard j'appris qu'Yvon Stocklin passait des nuits entières, assis sur son lit, à fumer la pipe. C'était sa façon à lui de lutter contre le caractère fluctuant et chimérique de son métier de producteur. Toute une vie dissipée pour du vent... Quand il fumait sa pipe, il avait enfin le sentiment d'être un homme de poids, un « roc », et — comme il disait — « de rassembler ses morceaux ».

Ce soir-là, il m'exposa d'emblée son « idée ».

Il voulait me confier l'adaptation d'un roman pour le cinéma et plutôt que de s'adresser à l'un de ces scénaristes professionnels qui tenaient le « haut du pavé » et avec lesquels il avait souvent travaillé — il me cita deux ou trois noms qui, depuis, sont tombés dans l'oubli — il préférait donner carte blanche à un « jeune » et de surcroît à un « écrivain ». Il s'agissait d'un livre « épatant » dont il venait d'obtenir les droits : *Capitaine des Mers du Sud*. Mais le film, en raison d'une coproduction à majorité anglo-hollandaise, s'appellerait *Captain Van Mers du Sud*. Acceptai-je la « formule » ? Avec lui, il fallait se décider très vite et « les yeux fermés ». On ne le regrettait jamais. Oui, ou non ?

Eh bien, c'était « oui ».

En ce cas, M. Georges Rollner, le metteur en scène, nous attendait pour dîner au Pré-Catelan.

L'orchestre jouait des valses et Rollner nous parlait avec volubilité. Il répétait à Stocklin que c'était une bonne idée d'avoir fait appel à un « jeune » comme moi. L'un et l'autre devaient avoir dépassé la cinquantaine. J'ai su, plus tard, que Stocklin débuta chez Pathé-Natan. Le nom de Rollner ne m'était pas étranger. Il avait connu des succès commerciaux dans les années cinquante, en particulier pour un film très émouvant sur la vie des chirurgiens. Il était venu peu à peu à la mise en scène après avoir exercé les activités de chef de plateau, d'assistant et de directeur de production. Autant Stocklin donnait une impression de solidité tout illusoire avec son visage de brachycéphale, son teint rouge et ses yeux bleus (il se prétendait d'origine savoyarde), autant il émanait des yeux noirs de Rollner, de sa silhouette et de son sourire, un charme fragile. Vers la fin du repas, je posai quand même une question concernant le « roman ».

Rollner, aussitôt, sortit de la poche de sa veste un livre d'un format minuscule. Il me le tendit. Le roman datait de 1907 et avait été édité par Edouard Guillaume pour sa collection populaire « Lotus Alba ».

— Je vous confie *Capitaine des Mers du Sud,* me dit-il en souriant. Et j'espère que nous ferons ensemble du bon travail.

Le lendemain, je signai mon contrat chez Stocklin, en présence de Rollner. Je touchais six cent mille anciens francs immédiatement, mon nom figurerait sur l'affiche et les placards publicitaires et j'étais intéressé à 2 % sur les « bénéfices nets Production ». Stocklin décida que je partirais le lendemain avec Rollner pour Port-Cros, où le film serait tourné. Là, nous travaillerions au scénario qu'il était nécessaire de « boucler » le plus vite possible. Les prises de vues commenceraient le mois suivant. L'équipe technique était déjà sur pied. On n'avait pas encore achevé la distribution des rôles mais ce n'était qu'une question de jours.

A Port-Cros, nous nous installâmes, Rollner et moi, dans un petit hôtel au fond d'une baie. Il me proposa de travailler de mon côté, pendant une semaine. Il me laissait « toute latitude » et me conseilla d'écrire directement une « continuité dialoguée ».

Le livre était d'un format si restreint et les caractères d'imprimerie si microscopiques que je dus me rendre à l'évidence : je ne parviendrais pas à lire *Capitaine des Mers du Sud* sans l'aide d'une loupe. Aucune loupe à l'hôtel. Nous louâmes un canot à moteur et allâmes jusqu'à Giens. Là non plus, nous n'en trouvâmes pas. Cela semblait amuser Rollner. Il ne voyait aucun inconvénient à poursuivre notre recherche jusqu'à Toulon, mais heureusement un opticien d'Hyères me fournit un verre grossissant.

Je me levais tard et travaillais l'après-midi. Il s'agissait d'une histoire de corsaires qui se déroulait au siècle dernier mais Rollner tenait à ce que nous la transposions de nos jours. Pour me détendre, je le rejoignais dans une petite calanque qu'il avait découverte. Il plongeait sans arrêt d'un rocher en forme de pyramide. Il faisait même le saut de l'ange de manière très gracieuse. Le plongeon avait toujours eu pour lui une grande importance et un pouvoir thérapeutique. C'était le meilleur moyen — m'expliquait-il — de « se recharger les accus ».

Je finissais par croire que nous étions en vacances, lui et moi, comme deux vieux amis. Le temps était radieux et en ce mois de juin, il n'y avait pas encore de touristes. Nous dînions sur la terrasse de l'hôtel, face à la baie. Rollner me racontait son passage dans la R.A.F. pendant la guerre, l'événement le plus important de sa vie. Il s'était engagé parce qu'il voulait se prouver à lui-même et aux autres « qu'on pouvait être juif et être un as de l'aviation ». Ce qu'il avait été.

J'achevai en quinze jours l' « adaptation » de *Capitaine des Mers du Sud.* J'avoue avoir bâclé les dernières trente pages. Lorsque Rollner me demanda de lui lire mon texte, je ressentis une vive appréhension. N'ayant jamais effectué ce genre de travail, je craignais surtout que le « découpage » auquel je m'étais livré ne lui plût pas. (En fait, j'avais scrupuleusement suivi l'ordre du livre, paragraphe après paragraphe.) A mesure que je lisais, l'attention de Rollner se relâchait. Il pensait à autre chose. Quand j'eus terminé, il me félicita. « Très vivant et très bien foutu », me dit-il d'une voix affectueuse. Puis après un instant de réflexion :

— Vous ne pourriez pas rajouter une phrase, quelque part dans les dialogues ?

— Mais bien sûr, lui dis-je avec empressement.

— Voilà... A un moment le type dirait . « Figurez-vous qu'on peut être juif et être un as de l'aviation, monsieur... »

Bien que cette remarque n'eût aucun rapport avec l'histoire, je parvins quand même à la caser dans la bouche du héros.

Rollner y tenait beaucoup. C'était d'ailleurs la seule chose qui l'intéressait, car la perspective de tourner ce film le plongeait visiblement dans un état de profonde léthargie.

Les techniciens — une équipe très réduite — arrivèrent un dimanche soir, chargés de tout le matériel. Le yacht sur lequel seraient tournées les premières scènes était mouillé dans le port. La production l'avait loué à un baron belge. Les comédiens qui tenaient les rôles secondaires (trois femmes et deux hommes) débarquèrent sur l'île le mardi suivant.

Nous attendions les deux vedettes, Bella F. et Bruce Tellegen.

Au milieu de l'après-midi, un gros bateau à moteur s'arrêta devant le ponton de l'hôtel. Deux hommes en sortirent, portant une civière, tandis qu'un troisième hissait sur le quai de nombreuses valises en cuir fauve. Rollner et moi étions assis à la terrasse de l'hôtel et je crois même que l'opérateur et la script-girl nous tenaient compagnie. Les autres s'avancèrent. Nous reconnûmes aussitôt celui qu'on transportait sur la civière : Bruce Tellegen. Rollner se leva et lui fit un signe de la main. Tellegen avait une barbe de trois jours et son visage était inondé de sueur. Il grelottait de fièvre. Quand il vit Rollner, il lui dit d'une voix mourante :

— Georges Rollner, I presume?

Mais déjà les deux hommes le traînaient jusqu'à sa chambre. Il gardait le lit et Rollner m'expliqua que Tellegen souffrait des séquelles d'une ancienne malaria et que cela risquait de compromettre le film. Mais il l'aimait et tenait à lui, et cela lui était complètement égal, à lui, Rollner, que ces « saloperies » d'assurances refusent désormais de « couvrir » Tellegen.

Entre-temps, Bella F. était arrivée, elle aussi.

Les premières prises de vues avaient lieu à bord du yacht, et comme Tellegen ne figurait pas dans ces quelques scènes, Rollner commença à tourner. Il y mettait beaucoup de mollesse et je le soupçonnais d'espérer que la maladie de Tellegen se prolongeât pour avoir un prétexte d'interrompre le film.

Il me pria de rester à Port-Cros pendant le tournage en m'expliquant qu'il faudrait peut-être modifier le scénario, mais celui-ci demeura jusqu'au bout tel que je l'avais écrit.

Bruce Tellegen, notre vedette, avait été, vingt ans auparavant, l'un des jeunes acteurs les plus remarquables d'Hollywood. Il excellait dans les films d'aventures et de cape et d'épée, incarnant Lagardère, Quentin Durward ou le Mouron Rouge avec une telle fougue et un tel charme qu'ils lui valurent aussitôt une grande popularité. Puis il interpréta des rôles différents : missionnaire, explorateur, navigateur solitaire. Chaque fois, il apparaissait sous les traits d'un héros d'une pureté immaculée que venait souiller la vie et désespérer la méchanceté des hommes. Le public était ému par cette figure angélique et mystérieuse qui luttait souvent sans succès contre le mal et même avec un certain masochisme puisqu'il y avait toujours dans ses films une scène où Tellegen était sauvagement torturé... On disait qu'il aimait ces scènes-là. De film en film, il perdait un peu de son magnétisme. L'alcool y était pour beaucoup mais l'âge aussi, car aux approches de la quarantaine, il ne pouvait plus tenir des rôles qui exigeaient une forme physique exceptionnelle. Et puis, un matin, il s'était réveillé avec les cheveux blancs.

Bella — je l'appellerai par son prénom — avait une quinzaine d'années de plus que moi et derrière elle une carrière déjà longue. Elle avait été, à dix-sept ans, le type même de ces starlettes qui posaient devant les photographes pendant le festival de Cannes. Ensuite elle connut quelques succès. Comme elle savait très bien danser et parlait l'anglais couramment, on l'engagea pour tourner en Amérique de petits rôles dans des comédies musicales. De retour en France, auréolée par son séjour hollywoodien, elle fut la vedette de plusieurs films que réalisaient d'honnêtes fabricants, au début des années cinquante. Elle était assez aimée du public. Mais une décennie passa.

C'était une minuscule brune aux yeux verts, aux pommettes larges, au nez retroussé et au front têtu.

Tellegen fut sur pied au bout d'une semaine, mais il avait maigri de dix kilos et marchait à pas précautionneux, souvent à l'aide d'une canne. Rollner lui fit d'abord tourner les scènes d'extérieur.

Je n'ai pratiquement pas assisté aux prises de vues car je me levais trop tard. Rollner était réputé pour sa lenteur et sa minutie. Il hésitait longtemps entre deux plans et en éprouvait de terribles cas de conscience. L'ingénieur du son qui avait déjà travaillé avec lui m'expliqua que le montage lui causait encore plus de tourments : il l'avait vu, à cette occasion, au bord du suicide et il n'employait pas ce mot à la légère. Pourtant, après quelques jours, *Captain Van Mers du Sud* eut un effet inhabituel sur Rollner. Il somnolait, paraît-il, entre les prises de vues. Une fois même, il s'était endormi.

Certes l'intrigue ne brillait pas d'une éclatante originalité. Bella, à la proue du bateau, ne quitte pas des yeux l'île où ils vont aborder, elle, et ses cinq amis, jeunes et riches oisifs en croisière. Ils n'ont aucune morale et « *l'atmosphère la plus dépravée* » règne à bord du yacht. Sur l'île, ils feront la connaissance du « Capitaine des Mers du Sud », un ancien de la marine marchande retiré là depuis vingt ans. Un pur, auquel Tellegen prête son visage d'ancien jeune premier. Bella tombera amoureuse de lui en dépit de la différence d'âge, et elle abandonnera ses amis pour vivre avec le « Capitaine » dans la solitude de cette île touffue.

Tellegen et Bella formaient un drôle de couple, lui de taille gigantesque, et elle si menue qu'on aurait dit un père et sa petite fille. Je me souviens d'un après-midi où j'avais assisté au tournage d'une scène. Bella et Tellegen font leur première promenade au cœur de l'île. Le Capitaine des mers du Sud lui déclare :

— Avec vous, j'ai l'impression d'avoir retrouvé ma jeunesse...

Et elle répond :

— Pourquoi dites-vous ça?... Vous êtes jeune...

Il faisait très chaud et la chemise de Tellegen était trempée de sueur. Il en changeait toutes les dix minutes. Il s'affalait sur son fauteuil pliant et on devait retoucher son maquillage. Bella non plus ne supportait pas le soleil. Elle était d'assez mauvaise humeur. Rollner, dans son éternel anorak bleu marine, essayait de plaisanter avec eux en leur donnant des indications. Pendant les poses, Tellegen desserrait son corset de cuir. Il le mettait quand les scènes exigeaient qu'il restât longtemps debout. Il avait en effet de la peine à se tenir droit.

Nous avons regagné l'hôtel au crépuscule. Il fallait marcher un quart d'heure environ et les techniciens nous ont précédés. Nous sommes restés seuls, Bella, Rollner, Tellegen et moi. Avant d'entreprendre notre marche, Tellegen nous a tendu à chacun la bouteille de vodka dont il ne se séparait jamais et nous a enjoint de boire une bonne gorgée. Cela nous donnerait du courage.

Rollner ouvrait la marche et soutenait Tellegen. Celui-ci s'appuyait de la paume de la main sur l'épaule droite de Georges et s'aidait de sa canne. Nous suivions à quelques mètres de distance, Bella et moi. Elle m'avait pris le bras. Il faisait un beau clair de lune et le chemin disparaissait par endroits sous les bruyères, de sorte que nous avions du mal à retrouver son tracé. L'air était lourd d'odeurs de pins et d'eucalyptus et, aujourd'hui encore, leurs parfums m'évoquent notre périple dans la nuit. Le bruissement de nos pas troublait un silence de plus en plus profond et Bella appuyait sa tête contre mon épaule. Au bout de quelque temps, Tellegen donna des signes de fatigue.

Il boitait, trébuchait et se raccrochait de justesse au bras de Georges Rollner. Il s'arrêta brusquement. Il demeurait là, devant nous, le visage en sueur, les yeux absents et nous faisait signe de poursuivre notre chemin. A la clarté de la lune il paraissait avoir encore vieilli de dix ans.

Rollner et moi, nous avons fini par l'entraîner jusqu'à l'hôtel. Il claquait des dents. C'était le même homme que j'avais vu, au cinéma, quand j'étais enfant, si svelte et si bondissant dans *Le Mouron rouge.*

Nous nous retrouvions tous les quatre à la même table, dans la salle à manger de l'hôtel. Bella avait déjà tourné un film avec Rollner et ils échangeaient des souvenirs communs.

Après le dîner, Bella, Rollner, l'ingénieur du son et l'opérateur commençaient une partie de poker. Moi, je restais seul avec Tellegen, qui parlait un français très correct. Il me faisait des confidences. Il aurait voulu écrire, lui aussi. Il avait commencé de rédiger ses souvenirs de jeunesse, ce temps où il menait une vie aventureuse en Afrique et en Nouvelle-Guinée et où il naviguait sur un petit bateau, le *Tasmanian*. Mais il « n'était pas foutu de tenir un stylo ». Il philosophait souvent. Il me disait que, dans la vie, il ne faut jamais écouter les conseils des autres. Et qu'il est très difficile de vivre avec une femme. Et que la jeunesse, la gloire et la santé n'ont qu'un temps, il était bien placé pour le savoir. Et il me communiquait d'autres réflexions dont je ne me souviens plus.

Je crois qu'il m'aimait bien. Nous avions la même taille, un mètre quatre-vingt-quatorze centimètres pour lui, un mètre quatre-vingt-dix-huit centimètres pour moi. Chaque nuit, je le ramenais dans sa chambre en le soutenant par le bras, à cause de la vodka qu'il avait bue. Il me disait toujours :

— Thank you, my son... avant de s'endormir, comme une masse.

Bella, elle, me demanda de lui prêter de l'argent parce qu'elle venait de perdre une grosse somme au poker. Il me restait quatre cent mille francs, des six cent mille anciens francs que j'avais reçus en qualité de scénariste. Je lui en confiai les trois quarts. J'étais amoureux d'elle car j'avais toujours eu un faible pour ces minuscules petites femmes brunes aux yeux verts. Mais j'étais trop timide pour le lui dire.

Le tournage fut achevé au bout de trois semaines. Rollner ne s'était même pas donné la peine d'aller voir les « rushes » projetés dans un cinéma d'Hyères. Il y envoyait l'ingénieur du son. Il m'avait demandé de « condenser » les quarante dernières pages du scénario pour qu'il « bouclât » la fin en trois jours. Il n'en pouvait plus. Il s'endormait d'ennui entre chaque plan.

Il n'avait repris intérêt à son travail qu'à l'instant de tourner la séquence où claquait comme un étendard cette réplique : « On peut être juif et être un as de l'aviation, monsieur. » Il avait fait recommencer quinze fois la scène à Tellegen, mais n'était jamais parvenu à obtenir ce qu'il eût aimé.

Une petite fête marqua la fin du tournage. A cette occasion, Stocklin arriva de Paris en avion de tourisme. Il pilotait lui-même et réussit un atterrissage acrobatique devant l'hôtel, la pipe entre les dents.

Ce soir-là, il régna une ambiance animée. Un soir d'août avec cette odeur de pin et d'eucalyptus. Rollner paraissait soulagé d'avoir mené le film à bien.

On prit une photo de toute l'équipe que j'espère retrouver. J'étais placé entre Bella et Tellegen. Tellegen buvait comme un forcené. Il faisait peine à voir. Bella me chuchotait qu'elle avait perdu l'argent que je lui avais prêté, mais elle jurait de me rembourser à son retour à Paris. Elle me donnait son numéro de téléphone : Auteuil 00.08.

Au cours de la soirée, je pus attirer Rollner dans un coin et lui demandai quand *Captain Van Mers du Sud* sortirait sur les écrans.

Son regard était trouble. Il avait beaucoup bu lui aussi.

— Mais il ne sortira jamais, mon vieux..., me dit-il en haussant les épaules.

Puis il m'entraîna hors de la salle de séjour où nous étions tous réunis. Je l'aidai à monter l'escalier. Ils s'arrêta sur le premier palier. Il me fixait de son regard trouble.

— Dites-moi, mon vieux... je n'ai jamais compris pourquoi on vous avait engagé pour ce scénario. Vous êtes parent avec Stocklin ?

— Je... je ne crois pas, lui dis-je.

Il me souriait et me tapotait le crâne, d'une main paternelle.

— De toute façon... Nous sommes tous parents entre nous... Le cinéma est une grande famille...

Nous reprîmes l'ascension de l'escalier. Il trébuchait à chaque marche.

— Ce film, c'est de la merde...

— Vous trouvez ? lui dis-je.

— Moi, je m'en fous. J'ai dit tout ce que j'avais à dire dans ce film. TOUT.

Il approchait son visage du mien.

108

— Vous savez... ma petite phrase...

Je le soutenais, le long du couloir. J'ouvris la porte de sa chambre.

— C'est dommage pour vous, Patrick, me dit-il. Mais moi, j'ai dit tout ce que j'avais à dire dans ce film. Une simple phrase...

Brusquement, il se dirigea vers le lavabo, se plia et vomit. J'attendais, dans l'embrasure de la porte. Il se retourna vers moi, livide. Il souriait.

— Excusez-moi. Je suis malade comme un chien. Vous devriez rejoindre les autres.

Je me suis assis au milieu du couloir, près de sa porte en pensant qu'il aurait peut-être besoin de moi. J'ai entendu le fracas d'un meuble qui tombait et le bruit plaintif que font les ressorts d'un vieux lit lorsqu'on s'affale dessus. Un silence. Et puis, cette phrase, à peine distincte, qu'il murmurait entre ses dents :

— On peut être juif et être un as de l'aviation, monsieur...

VIII

Ma femme et moi, nous étions arrivés place Clemenceau à Biarritz. Nous avons laissé derrière nous le Café Basque à l'aspect de gentilhommière et nous nous somme engagés dans l'avenue Victor-Hugo.

C'était un début d'après-midi ensoleillé de juin et il soufflait un vent très doux. Aucun piéton. De rares voitures passaient, troublant à peine le silence. J'ai cru reconnaître la place du marché et le parvis de l'église Saint-Joseph. Nous avons franchi le seuil de cette église. Elle était déserte. Un seul cierge brûlait près du confessionnal. A qui l'avait-on dédié ? J'aurais voulu consulter le registre des baptêmes, mais ne voyant personne à qui m'adresser, j'ai pensé que nous pourrions revenir ici à la fin de l'après-midi.

Nous suivions l'avenue de la République. Elle n'avait certainement pas beaucoup changé depuis vingt ans et je regardais les façades des maisons en espérant que l'une d'elles m'évoquerait quelque souvenir. On aurait pu croire que nous nous promenions aux environs de Paris, à Jouy-en-Josas par exemple, dans la paisible et mystérieuse rue du Docteur-Kurzenne où nous avions vécu, mon frère et moi. Mais un pavillon d'aspect plus balnéaire que les autres et portant sur son entrée l'inscription : Villa Miramar ou Villa Reine Nathalie, me rappelait que nous nous trouvions à Biarritz. Et la lumière tendre et claire était celle de la côte d'Argent.

Avenue de la République, des enfants entraient à l'institut Sainte-Marie, un bâtiment très ancien dont on avait repeint la façade. La barrière grillagée était ouverte et après l'avoir franchie, ils se poursuivaient dans la cour. Une sonnerie sourde annonçait l'heure de la classe. Et je me suis souvenu de ce matin d'octobre de dix neuf cent cinquante où nous avions traversé cette cour, ma mère et moi et où nous avions frappé à l'une des portes-fenêtres aux volets de bois gris. C'était la première fois que j'allais à l'école et je pleurais.

A notre gauche, la venelle des Frères s'enfonçait à perte de vue entre deux murs. Je remarquai une porte où je lus : Institution de l'Immaculée Conception. A droite, quelques petites villas se succédaient. Nous atteignions le bout de l'avenue. Il y avait un carrefour. Encore quelques pas et à l'intersection de deux rues, dominant ce carrefour telle une figure de proue, m'apparut la Casa Montalvo.

Comment la décrire ? Une bâtisse massive en

pierre claire ou plutôt un castel surmonté d'un toit d'ardoises à pans coupés. L'allée très large conduit à la porte d'entrée qu'abrite un auvent en ardoise lui aussi. Le parc de la Casa Montalvo est entouré d'un mur d'enceinte. J'ai franchi le portail de bois blanc mais je n'ai pas osé marcher jusqu'à l'entrée. Au bout de l'allée, à gauche, au milieu des massifs, s'élève un palmier que nous admirions certainement dans notre enfance, mais dont je ne gardais aucun souvenir. J'aurais voulu savoir quelles étaient les fenêtres du petit appartement où nous habitions, mon frère Rudy et moi, car la Casa Montalvo se divisait en plusieurs appartements meublés. De nos fenêtres, nous apercevions, de l'autre côté du carrefour, le château Grammont, sa façade de briques rouges dans le style Louis XIII, ses tourelles et son parc à l'abandon.

J'ai refermé la barrière derrière moi. De chaque côté de celle-ci, une plaque. Sur la plaque de gauche, j'ai lu : Casa, et sur celle de droite : Montalvo. CASA MONTALVO.

Ma femme m'attendait en fumant une cigarette. Nous avons pris droit devant nous la rue Saint-Martin et bientôt nous nous sommes arrêtés devant l'église du même nom. Je crois qu'elle date du quinzième siècle, cette église. Nous avons croisé un prêtre en soutane auquel j'ai demandé s'il m'était possible d'obtenir un extrait d'acte de baptême. Il m'a désigné un petit bâtiment, en face de l'église. Nous y sommes entrés. Une dame assez âgée se tenait derrière le guichet. Ma femme s'est assise sur le banc du fond de la pièce et, me penchant vers le guichet, j'ai dit :

— Je viens pour un extrait d'acte de baptême.

J'étais de plus en plus certain que le baptême avait eu lieu dans cette église.

— Quelle date ? m'a demandé la dame d'une voix très douce.

— Oh... l'été 1950...

Et en disant « l'été 1950 » j'ai senti une bouffée de tristesse.

J'ai épelé mon nom qu'elle a cherché patiemment dans le registre, aux mois de juin, de juillet, d'août et de septembre. Elle l'a enfin trouvé, à la date du 24 septembre.

— Ce n'était pas l'été mais l'automne 1950, m'a-t-elle dit avec un sourire déteint.

Elle a recopié l'acte de baptême et m'a donné cette feuille, où l'on peut lire :

EXTRAIT DE BAPTÊME

PAROISSE ST MARTIN — BIARRITZ DIOCÈSE BAYONNE

Registre des Baptêmes, Année 1950 — Acte n° 145

24 Septembre 1950 a été baptisé : P

né le 30 juillet 1945 à Paris
fils de :   A,
et de :   L,

Domiciliés à Paris, 15 quai de Conti.
Parrain : André Camoin, représenté par J. Min-
the et W. Rachewsky.
Marraine : Madeleine Ferragus.
Mentions marginales : Néant.

J'ai plié avec précaution l'extrait d'acte de
baptême et l'ai mis dans la poche intérieure de ma
veste. Nous sommes sortis, ma femme et moi

Ainsi, j'avais été baptisé dans cette petite église
Saint-Martin... Je me souvenais vaguement de la
cérémonie, de mon appréhension quand le prêtre
me conduisait vers le bénitier et du groupe que
formaient mon frère, baptisé la veille, ma mère,
ma marraine, Madeleine Ferragus, et les deux
personnes qui « représentaient » mon parrain.
Une seule image nette me restait : celle de la
grande automobile blanche et décapotable de
Rachewsky, garée devant l'église. Un baptême de
hasard. Qui en avait pris l'initiative ? Et pourquoi
sommes-nous restés près d'un an à Biarritz, mon
frère et moi ? Je crois que la guerre de Corée y
était pour quelque chose et qu'on avait décidé, à
cause d'elle, de nous éloigner de Paris et de nous
baptiser par prudence, en pensant à la guerre
précédente. Je me rappelle une phrase de mon
père, quand il était venu nous voir à la Casa
Montalvo, avant de partir en Afrique : « Si la
guerre continue, je vous emmènerai avec moi à
Brazzaville », et il nous montra du doigt, sur la

mappemonde Taride qu'il nous avait offerte, cette cité de l'Afrique-Equatoriale française.

D'autres images... Une nuit de Toros de Fuego à Saint-Jean-de-Luz, je m'étais précipité contre quelqu'un qui lançait des confettis à ma mère. Une camionnette m'avait renversé à la sortie de l'institution Sainte-Marie. Le bâtiment des sœurs dominicaines, avenue de la République, devant lequel nous étions passés tout à l'heure et où l'on m'avait endormi à l'éther pour me soigner. La fanfare militaire que nous écoutions, mon frère Rudy et moi, sous les arbres de la place Pierre-Forsans.

Au bout de la rue Saint-Martin, nous avons suivi, ma femme et moi, l'avenue J.-F.-Kennedy. Elle ne portait pas ce nom en ce temps-là. Nous nous sommes assis à la terrasse d'un petit café, au soleil. Le patron et deux autres personnes, derrière nous, parlaient du match de pelote basque de dimanche prochain. J'ai tâté à travers l'étoffe de ma veste l'extrait de mon acte de baptême. Depuis, bien des choses avaient changé, il y avait eu bien des chagrins, mais c'était tout de même réconfortant d'avoir retrouvé son ancienne paroisse.

IX

Ai-je tellement changé depuis le temps où je séjournais à Lausanne, canton de Vaud ?

Le soir, quand je sortais du cours Florimont, je prenais ce métro qui ressemble à un funiculaire et qui, du centre de la ville, descend vers Ouchy. Je n'avais pas beaucoup de travail au cours Florimont. Trois leçons de français par semaine, que je donnais à des élèves étrangers, en dehors de leur programme d'études. Des cours de vacances, en quelque sorte. Je leur dictais d'interminables textes auxquels ils ne comprenaient rien à cause de ma voix sourde.

Je n'avais que vingt ans, mais ma mémoire précédait ma naissance. J'étais sûr, par exemple, d'avoir vécu dans le Paris de l'Occupation puisque je me souvenais de certains personnages de cette époque et de détails infimes et troublants, de ceux qu'aucun livre d'histoire ne mentionne. Pourtant, j'essayais de lutter contre la pesanteur qui me tirait en arrière, et rêvais de me délivrer d'une mémoire empoisonnée. J'aurais donné tout au monde pour devenir amnésique.

J'ai pensé me réfugier dans quelque île perdue de l'océan Indien, d'où mes souvenirs de la vieille Europe m'apparaîtraient dérisoires. L'oubli viendrait très vite. Je serais guéri. Mon choix s'arrêta sur un pays plus proche qui n'avait pas connu les tourmentes ni les souffrances du siècle : la Suisse. Je décidai d'y rester, aussi longtemps que mon sursis militaire me le permettrait.

Mes leçons au cours Florimont se prolongeaient jusqu'à dix-neuf heures quinze et cette sorte d'hébétude dont je garde encore aujourd'hui la nostalgie m'envahissait avenue de Rumine. Les immeubles et le Théâtre municipal devant lesquels je passais, étaient aussi dénués de relief qu'un décor en trompe-l'œil. Place Saint-François se dressait une vieille église du XIIIᵉ siècle, qui n'avait pas plus de réalité pour moi que les façades lisses des banques, un peu plus loin. Tout flottait, à Lausanne, le regard et le cœur glissaient sans pouvoir s'accrocher à une quelconque aspérité. Tout était neutre. Ni le temps, ni la souffrance n'avaient posé leur lèpre ici. D'ailleurs, depuis plusieurs siècles, de ce côté du Léman, il s'était arrêté, le temps.

Je faisais souvent une halte à la terrasse d'un café proche de la tour Bel-Air et j'écoutais les conversations des clients. Leur manière même de parler le français aggravait en moi ce sentiment général d'irréalité. Ils avaient des inflexions étranges, et le français dans leur bouche devenait ce langage qui filtre à travers les haut-parleurs des aéroports internationaux. Même à l'accent vaudois, je trouvais une lourdeur et une rusticité trop appuyées pour être vraies.

Je descendais sur le quai de la gare du Flon. Une station de métro sans odeur, sans bruit, des wagons de couleur pimpante comme des jouets d'enfants, et nous attendions sagement que leurs portes s'ouvrent. La rame glissait dans un silence d'ouate. Le front collé à la vitre, je regardais les publicités lumineuses. Elles avaient des caractères très nets — beaucoup plus nets qu'en France — et des teintes vives. Elles seules, et les panneaux des stations : Montriond et Jordils trouaient un peu ma léthargie. J'étais heureux. Je n'avais plus de mémoire. Mon amnésie s'épaississait de jour en jour comme une peau qui se durcit. Plus de passé. Plus d'avenir. Le temps s'arrêterait et tout finirait par se confondre dans la brume bleue du Léman. J'avais atteint cet état que j'appelais : « la Suisse du cœur. »

C'était un sujet de désaccord amical avec Michel Muzzli, un Suisse de mon âge que je connus au début de mon séjour et qui travaillait dans une compagnie d'assurances. Il me reprochait d'avoir une idée fausse de son pays, l'idée que s'en font les riches résidents cosmopolites qui achèvent leur vie du côté de Montreux — ou les exilés politiques. Non, la Suisse n'était pas ce no man's land, ce royaume des limbes que j'y voulais

118

voir. Le terme « neutralité suisse », chaque fois que je le prononçais, provoquait chez Muzzli une douleur visible à l'œil nu. Il se cassait comme s'il venait de recevoir une balle en plein ventre et son visage prenait une teinte écarlate. D'une voix saccadée il m'expliquait que la « neutralité » ne correspondait pas, en profondeur, à ce qu'il appelait l' « âme suisse ». Des politiciens, des notables et des industriels avaient pesé de tout leur poids pour entraîner la Suisse dans la voie de la « neutralité », mais de là à penser qu' « ils » traduisaient les aspirations du pays... Non, « ils » l'avaient — selon Muzzli — détourné de sa véritable vocation, qui était d'assumer et d'expier toutes les souffrances et les injustices du monde. La Suisse à laquelle rêvait Muzzli, et dont on aurait bientôt la « révélation », prenait dans son esprit l'aspect d'une jeune fille pure et radieuse partant à l'aventure. Elle était sans cesse exposée aux outrages de toutes sortes, on maculait sa robe blanche, mais au milieu des injures et des flaques de boue, elle s'avançait, toujours souriante et miséricordieuse et peut-être éprouvait-elle une certaine volupté à suivre son chemin de croix. Cette vision doloriste de la Suisse m'inquiétait un peu, mais Michel, quand il ne parlait pas de son pays, était le plus doux des hommes. Un blond assez grand, avec des pommettes, des yeux d'un bleu transparent, une ébauche de moustache, l'air plutôt russe que suisse.

Il me présenta à Badrawi, un garçon de notre

âge qu'on surnommait Papou, et nous devînmes bientôt inséparables, tous les trois. Badrawi occupait un poste obscur dans une banque de la rue Centrale. Il était d'origine égyptienne et sa famille avait quitté Alexandrie après la chute du roi Farouk. Il ne lui restait plus qu'une vieille tante qui vivait à Genève et à laquelle il envoyait la moitié de son salaire. De très petite taille, fluet, l'œil et les cheveux noirs, il avait un rire d'enfant mais souvent, aussi, son regard était empreint d'une vague terreur. Muzzli et lui habitaient le même immeuble moderne, chemin de Chandolin, près du Tribunal fédéral. La chambre de Papou Badrawi était encombrée de livres anglais. Sur la table de nuit, la photo de sa fiancée, anglaise elle aussi, une fille au visage félin qui lui écrivait de longues lettres pour lui expliquer qu'elle l'aimait mais qu'elle le trompait; et que cela n'avait aucune importance puisqu'elle l'aimait. Ce n'était pas l'avis de Papou; il m'en parlait quelquefois, pendant que nous buvions du thé. Il en consommait beaucoup et lorsqu'on frappait à sa porte, on était sûr qu'une tasse d'Earl Grey bien chaude vous attendait.

Nous traversions tous des moments difficiles. Une ou deux fois par mois, Muzzli faisait ce que nous appelions un « esclandre ». Ces nuits-là, le téléphone sonnait dans la chambre de Papou et on lui demandait de venir chercher son ami, car Muzzli portait toujours sur lui le numéro de téléphone de Badrawi. Les premiers temps,

Muzzli avait choisi pour lieu de ses « esclandres » une boîte de nuit de l'avenue Benjamin-Constant dont il connaissait l'une des animatrices, une blonde qui était le sosie de l'actrice française Martine Carol et s'appelait d'ailleurs Micheline Carole. Puis il y eut le restaurant de l'hôtel de la Paix. Et le hall de la gare. Et le Théâtre municipal, un soir qu'une troupe zurichoise donnait le *Guillaume Tell* de Schiller. Bientôt, on le reconnut, et on lui interdit l'entrée des lieux publics.

Une nuit, j'étais chez Badrawi et nous attendions Michel depuis deux ou trois heures, quand le téléphone sonna : le patron d'une « auberge » nous prévint que « M. Muzzli » était déjà en « très mauvais état » et qu'on allait certainement le « lyncher ». Lui ne voulait pas avoir « d'histoires avec la police ». A nous de « sortir M. Muzzli de ce mauvais pas ». L'auberge était à une dizaine de kilomètres dans une localité nommée Chalet à Gobet. Nous prîmes un taxi et nous errâmes longtemps avant de découvrir cet établissement au milieu d'un petit bois de sapins. Muzzli était allongé sur une table, au fond de la salle, le visage tuméfié et la chemise ouverte. Il lui manquait une chaussure au pied gauche. Un groupe d'une dizaine de personnes, l'air de gens de la campagne, nous dévisagèrent, hostiles. Muzzli se laissa glisser de la table et tituba jusqu'à nous. Il saignait à la commissure des lèvres. Badrawi et moi nous le soutînmes par les bras et comme nous franchissions la porte et arrivions à l'air libre, nous entendîmes derrière nous quelqu'un hurler avec un très fort accent vaudois :

— Heureusement qu'ils sont venus le chercher. Sinon, on l'achevait, cette saloperie...

Selon son habitude, Muzzli les avait harangués au sujet de la Suisse. Je connaissais ses arguments par cœur. Il leur avait dit que la Suisse « dormait » depuis le début du siècle et qu'il était temps qu'elle se réveillât et qu'elle consentît enfin à « se salir les mains ». Sinon, les Suisses ressembleraient de plus en plus à des « porcs bien propres et bien roses ». Cette nuit-là, ils l'avaient à moitié lynché, mais c'était cela qu'il recherchait : qu'on le lynche, lui, Michel Muzzli, suisse, et que cela se passe de préférence parmi les monceaux d'ordures d'un bidonville. Ainsi, expierait-il la trop grande propreté et les autres crimes de son pays

Si Michel aspirait au martyre, Badrawi, au contraire, vivait dans la peur de se faire assassiner. Dès nos premières rencontres il me confia ce secret. Il avait sans cesse à l'esprit l'exemple d'un de ses cousins, un certain Alec Scouffi, assassiné à Paris en 1932, sans qu'on eût jamais élucidé les circonstances de ce meurtre. Scouffi était natif d'Alexandrie et avait publié deux romans en langue française et une biographie du chanteur Caruso. Sa photographie trônait au milieu de la table de nuit de mon ami et leur ressemblance était si frappante que je crus longtemps qu'il

122

s'agissait d'une photo de Badrawi lui-meme. Parfois, je me demandais s'il n'avait pas inventé ce cousin parce qu'il se plaisait à cette idée : mourir assassiné. Quoi qu'il en soit, Papou était persuadé que ceux qui avaient tué son cousin le tueraient à son tour et aucun raisonnement, aucun sermon amical ne lui ôtait de la tête cette idée. La seule chose qu'il admettait, c'était qu'il courait beaucoup moins de risques en Suisse que partout ailleurs. Il avait la certitude que la neutralité suisse le protégeait comme un voile et que personne n'oserait commettre un assassinat dans ce pays. Muzzli essayait de lui prouver le contraire, et lui reprochait d'avoir accroché au mur de sa chambre le portrait du général Henri Guisan. Mais Badrawi lui expliquait que le visage doux et paternel de ce militaire suisse qui n'avait jamais combattu et jamais tué personne lui apportait un grand réconfort et calmait son angoisse.

Ainsi, lorsque la nuit tombait, chacun de nous retrouvait sa solitude, Michel Muzzli son malheur d'être suisse et Papou cette hantise de l'assassinat qui le faisait verrouiller la porte de sa chambre et se blottir au fond de son lit avec une tasse de thé. Moi, j'allumais la radio. En tournant le bouton, millimètre par millimètre — un mouvement trop brusque de l'aiguille et il fallait recommencer —, je parvenais à capter sur les ondes moyennes le poste Genève-Variétés. Là, à vingt-deux heures précises, commençait l'émission : « Musique dans la nuit ». Depuis que j'avais découvert par hasard cette émission quotidienne qui ne durait qu'une vingtaine de minutes, je ne pouvais m'empêcher de l'écouter, seul dans ma chambre de l'avenue d'Ouchy. Un indicatif égrené au piano, un air tout empreint d'une grâce tropicale. Une voix, tandis que l'indicatif continuait, une voix grave, légèrement nasale, qui annonçait :

— Musique dans la nuit.

Puis une autre voix, celle-ci métallique :

— Une émission de...

La première voix, toujours aussi grave :

— Robert Gerbauld...

La seconde voix, plus aiguë, presque féminine :

— Et Jean-Xavier Curtine.

On entendait l'indicatif encore quelques secondes. Après l'accord final, la première voix, celle de Gerbauld, précisait d'un ton de complicité furtive :

— C'était, comme d'habitude, un morceau d'Heitor Villa-Lobos.

Durant les vingt minutes de l'émission, ils annonçaient les sonates, adagios, caprices et fantaisies. Ils avaient un goût marqué pour les musiciens d'inspiration espagnole et c'était avec des inflexions gourmandes que Gerbauld prononçait les noms d'Albeniz, de Manuel de Falla, de Granados... Ils ne faisaient ni l'un ni l'autre de commentaires et se contentaient d'indiquer le titre des morceaux, ce qui donnait à leur émission

124

une élégante sécheresse. A la fin, des notes d
piano, en sourdine : le deuxième indicatif. Un
dernier accord, presque imperceptible. La voix de
Gerbauld :

— C'était, comme d'habitude, le concertino
n° 6 de Hummel.

Et la voix de Jean-Xavier Curtine, hachée mais
caressante :

— Merci, chers auditeurs de « Musique dans
la nuit ». A demain. Bonsoir.

Au bout de quelques jours, que m'arriva-t-il en
écoutant cette émission ? Etait-ce parce que mon
ouïe s'affinait, mais je crus discerner un léger
grésillement sous le flot de la musique. Je suppo-
sai d'abord qu'il s'agissait des bruits de parasites
que l'on entend lorsqu'on capte un poste étranger, mais j'eus bientôt la certitude que c'était le
murmure de plusieurs conversations entrecroi-
sées, murmure confus d'où se détachait parfois
une voix qui lançait un appel au secours ou un
message indistinct, comme si plusieurs personnes
profitaient de cette émission pour échanger des
messages entre elles ou se retrouver à tâtons. Et
comme si leurs voix, vainement, tentaient de
percer l'écran de la musique. Certains soirs, ce
phénomène ne se produisait pas et les morceaux
qu'annonçaient Gerbauld ou Courtine se dérou-
laient d'un bout à l'autre avec une netteté de son
cristalline.

Un dimanche, je mis plus de temps que d'habitude à capter « Genève-Variétés ». « Musique

dans la nuit » avait commencé depuis une dizaine de minutes et, à ma grande surprise, j'entendis Gerbauld déclarer :

— Chers auditeurs — sa voix avait un tremblement inaccoutumé —, l'œuvre que nous venons d'entendre me va droit au cœur. Cette musique ressemble à une plainte d'outre-tombe, c'est un long cri d'exil...

Un silence. Gerbauld reprit, la voix de plus en plus altérée :

— Le compositeur a certainement voulu traduire ici l'impression qu'il avait d'être le dernier survivant d'un monde disparu, un fantôme parmi les fantômes.

Un silence, de nouveau. Puis la voix de Curtine, rauque :

— Cette impression, vous la connaissez bien, Robert Gerbauld.

Et la voix de Gerbauld, cassante, comme s'il craignait que l'autre en dît trop long : « Chers auditeurs, à demain. Bonsoir. »

Une pensée me cloua sur place, provoquée par les mots « outre-tombe », « exil », « fantômes parmi les fantômes » que je venais d'entendre. Robert Gerbauld me rappelait quelqu'un. Je m'allongeai sur le lit et fixai le mur devant moi. Un visage m'apparut parmi les fleurs du papier peint. Un visage d'homme. Cette tête qui se détachait du mur avec netteté était celle de D., le personnage le plus hideux du Paris de l'Occupation ; D. que je savais s'être réfugié à Madrid puis en Suisse, et qui *habitait sous un faux nom à Genève et avait trouvé un travail à la radio.* Mais oui, Robert Gerbauld, c'était lui. De nouveau, le passé me submergeait. Une nuit de mars 1942, un homme de trente ans à peine, grand, l'air d'un Américain du Sud, se trouvait au Saint-Moritz, un restaurant de la rue Marignan, presque à l'angle de l'avenue des Champs-Elysées. C'était mon père. Une jeune femme l'accompagnait, du nom de Hella Hartwich. Dix heures et demie du soir. Un groupe de policiers français en civil entrent dans le restaurant et bloquent toutes les issues. Puis ils commencent à vérifier les identités des clients. Mon père et son amie n'ont aucun papier. Les policiers français les poussent dans le panier à salade avec une dizaine d'autres personnes pour une vérification plus minutieuse rue Greffulhe, au siège de la Police des Questions juives.

Quand le panier à salade s'engage rue Greffulhe, mon père remarque que les gens sortent du théâtre des Mathurins où l'on donne *Mademoiselle de Panama.* Les inspecteurs les entraînent dans ce qui a été le salon d'un appartement. Il reste le lustre et la glace de la cheminée. Au milieu de la pièce, un grand bureau de bois clair derrière lequel se tient un homme en pardessus dont mon père se rappela le visage mou et glabre. C'était D.

Il demande à mon père et à son amie de décliner leur identité. Par lassitude ou défi, ils révèlent leurs noms. D. consulte distraitement plusieurs feuillets où sont sans doute répertoriés tous les noms à consonance douteuse. Il lève la tête et fait un signe à l'un de ses hommes.

— Tu les emmènes au dépôt.

Dans l'escalier, mon père, son amie et trois ou quatre autres suspects sont encadrés par deux inspecteurs. La minuterie s'éteint. Avant qu'on la rallume, mon père, entraînant son amie, a dévalé l'étage qui les sépare du rez-de-chaussée et tous deux franchissent la porte cochère. Ils courent en direction de la rue des Mathurins. Ils croient entendre des exclamations et des bruits de pas derrière eux. Puis le moteur du panier à salade. Ils longent le square Louis-XVI, poussent la porte d'un immeuble et montent à toutes jambes les escaliers, dans le noir. Ils atteignent le dernier étage, sans attirer l'attention de personne. Là, ils attendent le matin. Ils ignorent ce à quoi ils ont échappé. Après le dépôt, c'est Drancy ou Compiègne. Ensuite, les convois de déportés.

Un visage plat, sans arête. Une bouche à la lèvre supérieure ourlée et tombante, à la minuscule lèvre inférieure, et cette bouche était celle de certains batraciens qui collent leur tête aux vitres des aquariums. Une peau assez mate, lisse et dénuée de la moindre pilosité. Tel m'apparut, cette nuit-là, D., celui qui se déplaçait dans les restaurants de marché noir de l'Occupation entouré d'une cohorte d'éphèbes, mi-tueurs, mi-boy-scouts, qu'on appelait curieusement « les gants gris », D., l'homme de la rue Greffulhe. Il venait me poursuivre jusque dans ce pays où j'avais cru que je perdrais peu à peu la mémoire. Sa tête glissait le long du mur, se rapprochait, et j'en sentais déjà le contact glacé et mou.

*

Et pourtant, comme la vie était belle, ce printemps-là... Aux heures de liberté que nous laissait notre travail, nous nous donnions rendez-vous, Papou, Muzzli et moi, au bord de la petite piscine d'un hôtel situé à l'angle de l'avenue d'Ouchy et de l'avenue de Cour. Elle était construite au fond d'un jardin et protégée de l'avenue d'Ouchy par un rideau d'arbres. Micheline Carole venait nous y rejoindre, à son réveil, vers une heure de l'après-midi. Elle prenait des bains de soleil toute la journée, car son travail à elle ne commençait que le soir. Deux sœurs jumelles étaient aussi des nôtres, deux ravissantes et minuscules Indonésiennes, qui — disaient-elles — « faisaient des études » à Lausanne.

Sur l'eau vert pâle flottaient des bouées d'enfants qui portaient cette inscription : « Jours Heureux », suivie du numéro de l'année. 1965 ? 1966 ? 1967 ? Peu importe, j'avais vingt ans.

Il se produisit alors de bien étranges coïncidences. Un samedi matin j'allais à la piscine plus tôt que de coutume. Un baigneur m'y avait précédé qui nageait la brasse papillon. Quand il me vit, il se précipita sur moi et nous nous embrassâmes : c'était un ami de Paris, un jeune chanteur d'origine belge nommé Henri Seroka. Il habitait l'hôtel. Il avait participé — m'expliqua-t-il — au Tilleul d'or de la Chanson à Evian, et comme les hôtels étaient complets dans cette ville, les organisateurs du concours lui avaient trouvé une chambre à Lausanne. Les éliminatoires avaient duré cinq jours et chaque matin il prenait le bateau qui fait la navette entre Lausanne et Evian. Le jury l'avait sélectionné en demi-finale puis éliminé au dernier tour, en dépit des « acclamations du public ». Son échec ne paraissait pas l'affecter. Il était là depuis une semaine et ne se décidait pas à quitter cet hôtel. L'état d'indolence et de torpeur qui le gagnait peu à peu l'étonnait lui-même. Il ne se souciait même plus de sa note qui augmentait chaque jour et qu'il ne pourrait pas régler. Nous étions contents de nous revoir. Henri Seroka me ramenait à un passé encore proche, aux après-midi où nous traînions, mon ami Hughes de Courson et moi, dans les locaux désolés des Editions musicales Fantasia, rue de Grammont. Nous y écrivions des chansons et Seroka avait interprété l'une d'elles : *Les oiseaux reviennent,* qui lui valut un accessit au Festival de Sopot et une médaille au Grand Concours de la chanson de Barcelone. Depuis, les Editions musicales Fantasia n'existaient plus, beaucoup de gens de notre connaissance avaient sombré avec elles, mais il était doux que nous soyons réunis au bord de cette piscine.

Nous eûmes quelques jours de vacances à

l'occasion de la Pentecôte et il semblait que chacun de nous oubliât ses soucis. Michel Muzzli était détendu, et pas une seule fois il ne fit un « esclandre ». J'espérais qu'il se réconcilierait enfin avec son pays. Badrawi retrouvait au soleil une insouciance orientale et craignait beaucoup moins d'être assassiné. Et puis, sa fiancée anglaise lui avait écrit en lui demandant la permission de venir le voir à Lausanne le mois prochain. Quant à Henri Seroka, il nous parlait sans amertume du Tilleul d'or de la chanson. Il avait été coiffé au poteau par un petit prodige de treize ans qui s'était présenté sur scène en culottes courtes, chemise blanche et cravate, pour chanter des airs de rock'n roll. Seroka en riait lui-même. Il ne savait pas au juste quel démon l'avait poussé à participer à ce Tilleul d'or. C'était plus fort que lui. Chaque fois qu'il entendait parler d'un concours de chansons, il y courait, et avait ainsi fait de beaux voyages, à Sopot en Pologne, mais aussi en Italie, en Autriche et en U.R.S.S. On commençait à le connaître de l'autre côté du Rideau de fer. Il avait chanté à Moscou, à Leningrad et à Kiev, et là, disait-il, il avait rencontré son vrai public. Je n'en doutais pas. Les Russes mieux que d'autres devaient apprécier sa voix classique de chanteur de charme et son physique classique lui aussi : il était le sosie d'Errol Flynn. D'ailleurs, Micheline Carole paraissait de plus en plus sensible à son charme. C'était réciproque. Ils se livraient au milieu de la piscine à une sorte de flirt aquatique. Le couple qu'ils formaient — lui, sosie d'Errol Flynn et elle de Martine Carol — me donnait l'illusion que le temps remontait à sa source. Ces deux acteurs disparus étaient de nouveau présents là, parmi nous, comme aux beaux jours de notre enfance et poussaient la gentillesse jusqu'à nager et flirter, sous mes yeux mi-clos

L'une des minuscules Indonésiennes me témoignait de la sympathie, tandis que sa sœur jumelle trouvait Muzzli à son goût. Papou Badrawi, blotti au fond d'un transat, rêvait à l'arrivée de sa fiancée. Nous flottions tous dans une buée sensuelle, avivée par la réverbération du soleil sur l'eau verte, le frissonnement des arbres du côté de l'avenue d'Ouchy, et les Pimp's Champagne que Seroka commandait pour nous. Nos réunions se prolongeaient très tard, et je n'avais plus guère l'occasion de capter « Musique dans la nuit ».

*

Oui, il y a de bien étranges coïncidences. Au bord de la piscine je feuilletais distraitement un journal suisse quand mon regard tomba sur cet entrefilet : « A partir de demain, au Théâtre de verdure de Lausanne, commenceront les journées musicales de la Rivicra romande. Créées voici trois ans à l'initiative de quelques anciens élèves du Maître Ansermet, ces journées réuniront de nombreux musicologues parmi lesquels nos confrères de " Genève-Variétés ", Robert Gerbauld et Jean-Xavier Curtine. »

Je me levai, enfilai un peignoir de bain blanc et quittai les autres. Je suivais l'allée de graviers qui menait de la piscine à l'hôtel et j'étais sûr d'avoir déjà vécu cette journée. Je prévoyais déjà la suite comme dans les rêves où l'on sait d'avance que la blonde comtesse du Barry sera guillotinée, mais lorsqu'on tâche de le lui expliquer et de lui faire quitter Paris à temps, elle hausse les épaules.

Je me dirigeai vers le bureau de réception de l'hôtel et demandai au concierge :

— Monsieur Gerbauld est-il arrivé ?

— Il est au bar, Monsieur.

Cette phrase, je l'attendais. J'aurais pu même la lui souffler.

— Au bar, Monsieur...

Il tendait le bras pour me désigner l'entrée du « bar ».

Je restais sur le seuil du « bar », une grande pièce avec des boiseries claires, un plafond à caissons et des tables basses entourées de fauteuils au tissu écossais.

Je le reconnus du premier coup d'œil. Il était assis à la droite de l'entrée, en face de l'autre. Ils bavardaient. Une odeur de papier d'Arménie flottait dans l'air et je n'eus aucun mal à me rappeler que c'était son parfum. D'une démarche que je m'efforçais de rendre naturelle — j'étais pieds nus et craignais que mon peignoir de plage attirât leurs regards — je vins m'asseoir à une

table assez éloignée de la leur Ils ne me remar-
quèrent pas, tant ils étaient absorbés par leur
conversation. Ils parlaient fort, Gerbauld de sa
voix chaude, l'autre, le jeune, sur un timbre
encore plus métallique que celui qu'il avait à la
radio.

— Tu connais le problème aussi bien que moi,
Jean-Xavier, disait Gerbauld.

— Bien sûr.

— Il me reste une chose à faire.

— Quoi ?

— Les mettre au pied du mur. Ou bien un
Festival Manuel de Falla l'année prochaine, ou
bien un festival Hindemith. Un point c'est tout.

— Vous leur diriez cela ?

— Si c'est non, je claque la porte.

— Vous le feriez, Robert ?

Ainsi, tout près de moi, était assis l'homme qui
avait été responsable de quelques milliers de
déportations de 40 à 44, celui qui dirigeait les
« équipes » de la rue Greffulhe auxquelles mon
père échappa par miracle... Je connaissais son
pedigree. Petit avocat besogneux avant la guerre
puis conseiller municipal, il avait rajouté une
particule à son nom et créé le Rassemblement
anti-juif. A la Libération, il s'était réfugié à
Madrid, où, sous le nom d'Estève, il avait ensei-
gné le français. Je savais tout de lui, jusqu'à sa
date de naissance : le 23 mars 1901, à Cahors.

— ... Un festival Manuel de Falla ou pas de
festival du tout !

— C'est étonnant l'injustice de tous ces gens vis-à-vis de Falla, constata, pensif, Jean-Xavier Curtine.

— Injustice ou pas, je leur claque la porte au nez !...

Donc, cet individu, à quelques mètres, aurait voulu que je ne fusse jamais né ? Je le regardai avec une extrême curiosité. La photo de lui que j'avais découpée dans un journal de la Libération n'était pas nette à cause de la mauvaise qualité du papier, mais je notai que son visage avait gonflé depuis vingt-cinq ans — surtout le bas des joues — et qu'il avait perdu ses cheveux. Il portait des lunettes aux montures et aux branches dorées. Il fumait la pipe, la gardait à la bouche, même en parlant, et avait ainsi un air placide qui me surprit. Son crâne chauve et sa corpulence respiraient la bonhomie. Il était vêtu d'un complet de velours noir et d'un chandail à col roulé couleur grenat. Un gros clergyman. L'autre, Jean-Xavier Curtine, n'était pas autre chose qu'un jeune homme au visage régulier mais très étroit et au teint pâle. Ses cheveux noirs paraissaient fixés à l'aide d'une laque. Son costume de velours bleu canard, très ajusté, sa chevalière, ses petits gestes précis, ses mocassins, tout cela laissait supposer une méticulosité asiatique. D'ailleurs, il aurait pu être eurasien.

— Alors, vous croyez qu'ils marcheront pour le Festival Manuel de Falla ?

Gerbauld mordillait sa pipe.

— Evidemment...

Il souriait, la pipe entre les dents.

— Surtout si je leur promets la diffusion intégrale sur « Genève-Variétés »...

— Ce serait merveilleux, disait Curtine de sa voix métallique d'insecte, si l'on pouvait faire jouer *L'Atlantide* de Falla.

Gerbauld hochait la tête, rêveur.

— Oui, oui, oui...

Le barman, à ce moment-là, se dirigea vers leur table.

— Messieurs désirent?

— Une bière, dit Gerbauld. Pression. Et toi?

— Une grenadine...

Puis le barman vint aussi à ma table.

— Une suze, lui dis-je.

Ils avaient remarqué ma présence et tous deux me regardaient, étonnés par mon peignoir de plage, sans doute. Gerbauld souriait. Il me fit un signe amical de la tête, auquel je répondis On nous servit les consommations.

— Elle est bonne? me demanda Gerbauld, à la cantonade.

— Bonne?

— Oui. L'eau de la piscine.

— Très bonne.

Il se tourna vers Curtine.

— Tu devrais te baigner, Jean-Xavier. Monsieur dit qu'elle est bonne.

— Je compte bien y aller, dit l'autre en me souriant.

— A votre santé, me dit Gerbauld en levant son verre de bière.

Je grimaçai un sourire, puis je me levai et sortis du bar.

Je traversai le hall à grandes enjambées et courus dans l'allée de graviers jusqu'à la piscine.

Muzzli et Papou se baignaient. Henri Seroka était allongé aux côtés de Micheline Carole sur une grande serviette de bain blanc et rouge. Ils se tenaient par la main.

— Où étais tu ? me demanda-t-il.

Que lui répondre ? Ils me dirent que Hedy l'Indonésienne me cherchait partout depuis une demi-heure.

Muzzli et Papou sortirent de la piscine et nous rejoignirent.

— Tu es pâle, constata Seroka. Tu devrais prendre un porto-flip.

Je tremblais mais j'essayais de me raidir pour qu'ils ne s'en aperçussent pas.

— Ça va ? me demanda Muzzli.

— Oui, oui, ça va très bien. Très bien.

J'ôtai mon peignoir et plongeai. Je restai long-temps sous l'eau, les yeux ouverts. Le plus longtemps possible. Une éternité. Quand je remontai à la surface, je posai mes coudes sur le rebord de la piscine et j'appuyai mon menton contre la mosaïque bleue.

— Elle est bonne, hein ? me dit Seroka. Je te commande un porto-flip.

Deux hommes marchaient dans l'allée, là-bas,

et s'avançaient, s'avançaient. Curtine et Gerbauld. Curtine arborait un maillot de bain bleu clair échancré en V sur les cuisses, Gerbauld avait gardé son complet de velours noir et portait, en bandoulière, un appareil de photo à la taille impressionnante.

Ils s'arrêtèrent de l'autre côté de la piscine. Gerbauld s'assit sur l'unique fauteuil de toile et Curtine s'accroupit, près de lui. Son allure était assez athlétique, comme celle des gens de très petite taille qui cultivent avec un intérêt exagéré leurs muscles. D'un élan brutal, il se releva et vint tâter du pied gauche l'eau de la piscine. Il resta ainsi quelques secondes en équilibre, la jambe droite légèrement fléchie, la jambe gauche raide comme celle d'un danseur qui fait des pointes, le buste très droit, les bras derrière le dos. Sans se lever, Gerbauld avait dirigé vers Curtine l'objectif de son appareil de photo et appuyait sur le déclic. Curtine souriait.

Nous les regardions, mes amis et moi, et je notai chez Seroka, Micheline Carole et Badrawi, un certain intérêt. L'envie me prit d'apostropher Gerbauld par son véritable nom, mais le lieu ne s'y prêtait pas et je craignais d'effrayer les autres. Curtine se dirigeait d'une démarche souple et lente vers le plongeoir Il le fit plier plusieurs fois en sautant très haut, comme s'il voulait en éprouver l'élasticité. Gerbauld avait quitté le siège en toile et, debout, continuait de photographier Curtine.

Enfin, Curtine plongea d'une manière très élégante et, après quelques brasses, s'ébroua et remonta au bord de la piscine d'une seule traction de ses bras. De nouveau, Gerbauld le photographia, mais cette fois-ci de très près. Il remit son appareil en bandoulière, prit une grande serviette rouge et blanc qui était pliée sur le dossier du siège, la déploya, en enveloppa Curtine, et lui frictionna les épaules avec les gestes de ferme protection qu'aurait eus un entraîneur de boxe pour son poulain. Curtine s'allongea sur le dos, à même le sol, les jambes serrées, les muscles abdominaux visiblement tendus. Il caressait sans cesse des deux mains sa chevelure pour la ramener en arrière. Gerbauld mit un genou à terre, brandit son appareil, et le photographia encore.

— Elle était bonne? lui demanda-t-il.

— Très bonne.

Ils parlèrent plus bas, et je n'entendais plus ce qu'ils disaient. Ensuite, Gerbauld leva la tête et regarda de l'autre côté de la piscine.

Il me vit et me fit un signe.

— Tu le connais? me demanda Badrawi.

— Non.

Au bout d'une dizaine de minutes, ils se levèrent, Curtine enveloppé de la serviette de bain blanc et rouge qu'il finit par jeter négligemment au bord de la piscine. Il se dirigea vers l'allée, progressant par petites foulées, tels ces athlètes qui se présentent devant le podium lors d'un concours de culturisme. Il marchait sur la pointe des pieds pour ne pas perdre un centimètre de sa petite taille. Gerbauld le suivait, légèrement voûté. Arrivé à notre hauteur, Curtine se retourna et me dit :

— Elle était très bonne. Très bonne. Merci.

Je sentis de nouveau cette odeur de papier d'Arménie. Puis ils s'enfoncèrent tous deux dans l'allée, en direction de l'hôtel.

— Drôles de types, dit Seroka.

Nous allâmes déjeuner à la terrasse d'un restaurant, de l'autre côté de l'avenue, près de l'église d'Ouchy. J'y retrouvai Hedy, l'Indonésienne, qui me demanda de venir chez elle. Hedy partageait avec sa sœur jumelle une chambre au rez-de-chaussée d'un immeuble, près de la station Jordils et, de la fenêtre, on voyait défiler au creux d'un vallon, les petits wagons pimpants du train qui descend à Ouchy.

J'éprouvai une sorte de soulagement quand j'entrai dans cette chambre blanche, sans le moindre meuble, le moindre tableau au mur. Un grand matelas, par terre, une ampoule qui pendait au plafond, et c'était tout. Une chambre neutre, comme la Suisse.

Je lui demandai l'autorisation de téléphoner. Elle ne me posa aucune question. Elle ignorait le français et pour nous comprendre, nous utilisions un anglais très approximatif. D'ailleurs, nous n'avions pas besoin de nous parler. Je composai le numéro de l'hôtel.

— Monsieur Robert Gerbauld, je vous prie...

Un déclic. La voix grave de Gerbauld :

— Allô, oui... j'écoute...

— Monsieur Robert Gerbauld ?

— Lui-même.

— Je suis un auditeur fidèle de « Musique dans la nuit ».

Un silence. Puis, je l'entendis dire sur un ton faussement enjoué :

— Ah bon. Et comment savez-vous que je suis ici ?

— J'assiste aux « Journées musicales »...

— Ah bon...

— Je voudrais vous rencontrer. Je suis un jeune admirateur...

— Quel âge ?

— Dix-huit ans. Est-ce que je pourrais vous rencontrer, monsieur Gerbauld ? Ne serait-ce que cinq minutes...

— Ecoutez... vous me prenez de court...

— Cela me ferait tellement plaisir.

Un silence. A voix basse, comme s'il voulait que quelqu'un qui se trouvait à proximité de lui — Curtine peut-être — ne l'entendît pas :

— Nous pourrions essayer de nous voir un moment ce soir...

— Oui.

D'une voix de plus en plus basse et de plus en plus précipitée :

— Ecoutez... le café de l'avenue d'Ouchy... En face de l'entrée de l'hôtel Beaurivage... A huit heures et demie... Au revoir, monsieur.

Il raccrocha.

L'Indonésienne et moi, nous sommes restés jusqu'à cinq heures de l'après-midi dans cette chambre blanche et lisse. Puis nous avons rejoint les autres et nous nous sommes baignés en compagnie de Micheline Carole et d'Henri Seroka. Badrawì, vautré sur un matelas pneumatique, faisait des mots croisés. Un peu plus loin, sous les arbres, Michel Muzzli bavardait avec l'autre Indonésienne, la sœur jumelle de Hedy. Moi, je regardais les bouées minuscules danser à la surface de l'eau.

Henri Seroka nous offrit l'apéritif, et dans une odeur d'anisette, nous tirâmes des plans pour la nuit. Badrawi nous invita à dîner. Vers huit heures quinze, je lui demandai de me déposer en automobile, devant le café de l'avenue d'Ouchy où Gerbauld m'avait fixé rendez-vous. Nous reviendrions chercher les autres au bar de l'hôtel.

— Tu as un rendez-vous important? me demanda-t-il, l'œil curieux.

— Oui. Capital.

Muzzli et l'Indonésienne nous accompagnèrent. Badrawi conduisait lentement sa vieille Peugeot. Je dis à Papou de s'arrêter en bordure de l'allée qui conduit au Beaurivage.

A propos, verraient-ils un inconvénient à ce que je fasse monter quelqu'un avec nous dans la voiture? Ensuite, nous l'emmènerions dans un endroit isolé. Ils paraissaient brusquement inquiets. L'Indonésienne nous regardait tour à

142

tour sans rien comprendre. Je leur ai donné quelques détails sur Gerbauld.

— Tu ne veux quand même pas le tuer ? m'a dit Muzzli.

— Non.

A huit heures vingt-cinq précises, je vis Gerbauld sur le trottoir gauche de l'avenue. Il marchait en direction du café, d'un pas rapide. Il était vêtu d'un costume de toile beige et coiffé d'un chapeau en toile beige lui aussi, mais qui avait la forme des chapeaux tyroliens. Il entra précipitamment dans le café.

Je ne pouvais m'arracher au siège de la voiture. Muzzli se tourna vers moi.

— C'est le type de la piscine ?

Je ne répondis pas. Il suffisait de traverser l'avenue et d'entrer à sa suite dans le café. Je lui aurais serré la main, nous aurions commandé deux bières et nous aurions parlé de Manuel de Falla. Je lui aurais proposé de le reconduire à l'hôtel, en voiture. Il serait monté dans la Peugeot et Badrawi aurait démarré. Non, je ne voulais pas le tuer mais avoir avec lui une « explication ».

— On attend ? demanda Badrawi.

— Oui.

Pas même « d'explication ». Quelques mots que je lui aurais chuchotés avant que nous nous séparions sous le porche de l'hôtel :

— Toujours rue Greffulhe ?

Il m'aurait fixé de ce regard affolé qu'ont les gens lorsque, de but en blanc, vous leur rappelez

143

un détail anodin de leur passé. La robe ou les chaussures qu'ils portaient, tel soir. Mais comment le saviez-vous ? Vous n'étiez pas né. C'est incroyable. Vous me faites peur.

La nuit. Muzzli avait allumé la radio. Badrawi fumait et l'Indonésienne se tenait à côté de moi, impassible et silencieuse. Je le vis qui sortait du café. Il s'arrêta sur le trottoir, tourna la tête vers la gauche et vers la droite. La lumière au néon projetait sur lui des reflets roses. Il avait ôté son chapeau et fixait la pointe de ses chaussures, l'air las. Il releva la tête et je fus étonné de voir que les traits de son visage s'étaient creusés, sans doute à cause de la nuit et des reflets du néon. Je n'avais pas remarqué, au bar et à la piscine, cette mâchoire proéminente, ni cette bouche sinueuse qui lui donnaient une face de batracien, comme dans mes rêves.

A supposer qu'il fût vraiment D. — et j'en étais de moins en moins sûr — je savais d'avance qu'en entendant ma petite phrase, il me considérerait d'un œil vitreux. Elle ne lui évoquerait plus rien. La mémoire elle-même est rongée par un acide et il ne reste plus de tous les cris de souffrance et de tous les visages horrifiés du passé que des appels de plus en plus sourds, et des contours vagues. Suisse du cœur.

Il avait remis son chapeau de forme tyrolienne et, coiffé ainsi, il ressemblait au crapaud dont la tête fixe apparaît derrière une feuille de nénuphar. Il restait là, immobile, sous la lumière du néon. Je n'osais pas demander à Papou ni à Michel s'ils voyaient la même chose que moi, ou bien, simplement, une pauvre vieille tante qui attendait sur le trottoir et à laquelle on avait posé un lapin ?

Un mirage, sans doute. D'ailleurs tout était mirage, tout était dépourvu de la moindre réalité dans ce pays. On était à l'écart — comme disait Muzzli — de la « souffrance du monde ». Il n'y avait plus qu'à se laisser submerger par cette léthargie que je m'obstinais à appeler : la Suisse du cœur.

Là, en face, de l'autre côté de l'avenue, il regardait de gauche à droite, toujours aussi raide dans la lumière rose. Il sortit sa pipe de sa poche et la contempla pensivement.

— Et si on allait rejoindre les autres ? dis-je à Badrawi.

X

C'est aux jardins du Luxembourg, un matin d'hiver d'il y a dix ans, que j'ai appris la mort du Gros. Je m'étais assis sur une chaise de fer au bord du bassin et j'avais ouvert le journal. Une photo du Gros avec sa moustache, ses lunettes noires, son écharpe de soie blanche et le feutre dont il se coiffait souvent pour sortir, illustrait l'article. Il était mort dans un restaurant Viale du Trastevere et sans doute mangeait-il un plat de ces lasagnes vertes qu'il aimait tant.

J'avais dix-huit ans, je travaillais chez un libraire de Rome et je fus présenté au Gros par une Française un peu plus âgée que moi qui passait en attraction à l'Open-Gate, un cabaret de la Via San Niccoló da Tolentino. Cette brune aux yeux bridés et à la belle bouche franche s'appelait Claude Chevreuse, du moins était-ce son nom d'artiste. Vers minuit, elle apparaissait sur la scène en manteau de vison et en robe de gala et se livrait à un très lent strip-tease tandis que le pianiste jouait la *Mélodie de la Jeunesse.* Deux caniches nains et blancs virevoltaient autour de Claude Chevreuse, faisaient des cabrioles et prenaient entre leurs dents les bas, le soutien-gorge, les jarretelles, le slip au fur et à mesure qu'elle les ôtait. Depuis quelque temps, le Gros, toujours seul, assistait à ce numéro chaque soir et Claude Chevreuse, quand elle revenait dans sa loge, y trouvait une rose offerte par ce spectateur assidu.

A la fin du spectacle, le Gros nous invita à sa table. Quand Claude me présenta à lui, il éclata d'un rire de baleine qui fit tressauter ses épaules et la graisse de ses joues. En effet, mon nom était le même que celui d'une marque de cartes avec lesquelles toute l'Italie jouait au poker. Le Gros trouva cela très drôle et à partir de ce moment, me surnomma : Poker.

Cette nuit-là, après que nous eûmes pris un dernier verre à la terrasse d'un bar de la Via Veneto, Claude me chuchota qu'elle devait rester avec le Gros. Ils montèrent dans un taxi, devant l'Excelsior. Le Gros baissa la vitre, agita ses doigts boudinés, et me dit :

— Arrivederla, Poker.

J'eus un pincement au cœur en pensant que Claude, encore une fois, me négligeait au profit de gens qui n'en valaient pas la peine. Je ne savais pas pourquoi j'aimais cette fille native de Chambéry qui était venue à Rome quelques années auparavant pour « faire carrière dans le cinéma ». Depuis, elle se laissait aller et prenait un peu de cocaïne, tant il est vrai qu'à Rome les choses finissent plutôt qu'elles ne commencent.

Désormais, je rencontrais le Gros à l'Open-Gate quand j'allais y retrouver Claude Chevreuse. Il l'attendait dans sa loge. Elle lui parlait brutalement et lui lançait des remarques cruelles sur son physique mais le Gros ne répondait pas ou hochait la tête. Un soir, elle nous a plantés tous les deux Via Veneto en nous disant qu'elle avait rendez-vous avec un garçon « très séduisant et très mince » et elle insistait sur le qualificatif « mince » pour peiner le Gros. Nous l'avons regardée s'éloigner et nous sommes allés manger une pâtisserie. J'essayais de distraire le Gros qui paraissait très abattu. Voilà pourquoi, je suppose, il s'est pris de sympathie pour moi et que nous nous sommes revus une dizaine de fois. Il me fixait rendez-vous à quatre heures précises de l'après-midi devant un petit bar de la rue des Boutiques Obscures et là, il prenait ce qu'il appelait son « goûter » : une dizaine de sandwiches au saumon. Ou bien, le soir, il m'emmenait dans un restaurant proche du Quirinal et la dame des vestiaires le saluait en l'appelant « Majesté ».

Le Gros, la tête penchée, engloutissait des plats gigantesques de lasagnes vertes puis il poussait un soupir en se rejetant en arrière et sombrait aussitôt dans une glauque léthargie. Vers une heure du matin, je lui tapais sur l'épaule et nous rentrions.

Nous avons fait quelques promenades ensemble. Un taxi nous déposait Piazza Albania et nous montions sur l'Aventin. C'était l'un des endroits de Rome que le Gros préférait, « à cause du calme », me disait-il. Il allait regarder par le trou de la serrure du portail de Malte, d'où l'on aperçoit la coupole de Saint-Pierre dans le lointain, et cela provoquait toujours chez lui un fou rire qui m'étonnait.

Je n'ai jamais osé lui parler de son passé ni des détails qui avaient contribué à sa légende : ses bancos à Deauville ou à Monte-Carlo, ses collections de jouets, de timbres-poste et de téléphones, et son goût des cravates phosphorescentes qu'il suffit de secouer pour qu'une femme nue apparaisse sur l'étoffe. Un soir, au restaurant, tandis qu'il engloutissait ses lasagnes vertes, je lui ai dit que c'était dommage, quand même, de finir ainsi sa vie alors que toutes les fées s'étaient penchées sur son berceau.

Il a levé la tête. Il m'observait derrière ses verres opaques. Il m'a expliqué qu'il se souvenait très bien de la date où il avait décidé d'abandonner la partie et de se laisser grossir, parce qu'il pensait que « rien ne servait à rien » et qu'il aurait le même sort que Louis XVI, Nicolas Romanov, et Maximilien, le malheureux empereur du Mexique. C'était une nuit de 1942 en Égypte, les armées de Rommel approchaient du Caire et le black-out ensevelissait la ville. Il était entré, incognito, à l'hôtel Semiramis et s'était dirigé vers le bar à tâtons. Pas une seule lumière.

Il avait buté contre un fauteuil, était tombé à la renverse. Et tout seul, par terre, dans l'obscurité, il avait été pris d'un fou rire nerveux. Il ne pouvait plus s'arrêter de rire. De cet instant, datait le début de son déclin.

Ce fut la seule fois qu'il se confia à moi. De temps en temps, il lui arrivait de prononcer le nom de Claude Chevreuse. Mais c'était tout.

Il nous invita chez lui pour le réveillon. Il habitait un minuscule appartement dans un immeuble moderne du Parioli. Il m'ouvrit la porte. Il était vêtu d'une robe de chambre d'intérieur en velours bleu fatigué sur la poche de laquelle étaient brodées l'initiale de son prénom et la couronne de son défunt royaume. Il parut inquiet quand il vit que Claude Chevreuse ne m'accompagnait pas. Je lui dis que le spectacle de l'Open-Gate durerait plus longtemps que les autres soirs et que Claude nous rejoindrait très tard.

Dans la petite pièce aux murs nus qui lui servait de « salon », le Gros avait dressé un buffet : pâtisseries, sandwiches au saumon e' fruits. Sur un tabouret de bar, j'aperçus un vieil appareil de projection et j'en fus étonné mais je ne demandai aucune explication au Gros car je savais d'avance qu'il ne me répondrait pas.

Il regardait sa montre et il transpirait.

— Vous croyez qu'elle viendra, Poker ?

— Mais oui. Ne vous en faites pas, monsieur.

— Il est minuit, Poker. Bonne année.

— Bonne année, monsieur.

— Vous croyez vraiment qu'elle viendra ?

Il mangeait les sandwiches au saumon à la file pour calmer son anxiété. Puis les pâtisseries. Puis les fruits. Il s'affala sur un fauteuil, ôta ses lunettes noires et les remplaça par des lunettes aux verres légèrement teintés et aux montures d'or. Il me fixait de son œil glauque.

— Poker, vous êtes un gentil garçon. J'ai envie de vous adopter. Qu'en pensez-vous ?...

Il me sembla que ses yeux s'embuaient.

— Je suis si seul, Poker... Mais avant de vous adopter, je pourrais peut-être vous anoblir... Voulez-vous le titre de Bey ? O.K. ?

Il baissa la tête et nous gardâmes le silence. J'aurais dû le remercier.

— Voulez-vous que je vous tire les cartes, Poker ?

Il sortit de la poche de sa robe de chambre un paquet de cartes, et les brassa. Il commençait à les disposer sur le parquet de la pièce lorsque nous entendîmes trois coups de sonnette. C'était Claude Chevreuse.

— Bonne année ! Buon anno ! Auguri ! cria-t-elle très excitée en marchant de long en large dans le salon.

Elle portait son faux vison de scène. Elle n'avait pas eu le temps de se démaquiller et elle était très gaie, parce qu'elle venait de boire du champagne avec des amis. Elle embrassa le Gros sur le front

151

et les deux joues en y laissant des marques de rouge à lèvres.

— On va sortir, hein? On va danser toute la nuit! nous dit-elle. Moi, je veux aller au Piccolo Siam...

— J'aimerais d'abord vous montrer un film, nous dit le Gros d'une voix grave.

— Non, non! On part tout de suite! On part tout de suite! Je veux aller au Piccolo Siam!

Elle poussait le Gros vers la porte, mais celui-ci la retenait et la faisait asseoir sur une des chaises.

— Je veux vous montrer un film, répéta le Gros.

— Un film? dit Claude. Un film? Il est fou!

Il éteignit l'électricité et mit en marche l'appareil de projection. Claude riait aux éclats. Elle se tourna vers moi et elle déboutonna son faux vison. Elle ne portait qu'un slip.

Sur le mur, en face, les images furent d'abord floues et puis se précisèrent. Il s'agissait d'une ancienne bande d'actualités qui datait d'au moins trente ans. Un jeune homme très beau, très svelte et très grave se tenait à la proue d'un navire de guerre qui entrait lentement dans le port d'Alexandrie. Une foule immense avait envahi la rade et l'on voyait s'agiter des milliers et des milliers de bras. Le bateau accostait et le jeune homme saluait lui aussi du bras. La foule disloquait les barrages de police, envahissait le quai et tous les visages extasiés étaient tournés vers le jeune homme, sur le bateau. Il n'avait pas plus de seize ans, son père venait de mourir, et il était, depuis hier, roi d'Egypte. Il semblait ému et intimidé par cette ferveur qui montait jusqu'à lui, cette foule en délire, cette ville pavoisée. Tout commençait. L'avenir serait radieux. Ce jeune homme plein de promesses, c'était le Gros.

Claude bâilla car le champagne l'endormait toujours. Je me tournai vers le Gros, assis à droite de l'appareil de projection qui crépitait comme une mitrailleuse. Avec ses lunettes, son visage bouffi et ses moustaches, il était encore plus apathique et plus gros que d'habitude.

XI

Une autre fois, un samedi soir de juin, j'ai quitté Paris avec mon oncle Alex. Nous étions tous deux à bord de l'une de ces voitures nommées DS 19 et mon oncle conduisait. J'avais quatorze ans. Nous avons pris l'autoroute de l'Ouest. Sur la carte dépliée, je cochais au crayon bleu les localités que nous traversions. Depuis, je l'ai perdue, cette carte, et je ne me souviens plus que d'une seule petite ville où nous sommes passés : Gisors. Etait-ce dans le département de l'Eure ou de l'Oise que se trouvait cette propriété dont oncle Alex me parlait ? Un moulin mis en vente à un prix « très intéressant ». Mon oncle en avait été informé par une annonce de journal dont il me récitait le texte : « Moulin tout confort et de caractère. Magnifique jardin clos de murs. Rivière et verger. Sortie ravissant petit village. » Il avait pris contact avec l'homme qui s'occupait de la vente, un notaire de la région.

La nuit tombait et lorsque nous avons vu le panneau d'une auberge, nous nous sommes engagés dans le chemin que la flèche indiquait. Une auberge de style anglo-normand, très cossue. La salle à manger se prolongeait par une terrasse bordée d'une piscine. Il y avait des boiseries, des sortes de vitraux à losanges multicolores et des tables à pieds Louis XV. Pas d'autres dîneurs que nous car il était trop tôt. Mon oncle Alex a commandé deux galantines, deux cuissots de chevreuil et un vin de Bourgogne au titre réputé. Le sommelier lui a fait goûter le vin. Oncle Alex gardait une grande gorgée dans sa bouche, il gonflait les joues et on aurait cru qu'il se gargarisait. Enfin il a dit :

— Bien... Bien... Mais pas assez soyeux.

— Pardon ? a dit le sommelier, les sourcils froncés.

— Pas assez soyeux, a répété l'oncle Alex avec beaucoup moins d'assurance.

Et d'un ton brusque :

— Mais ça ira . ça ira comme ça.

Quand le sommelier est parti, j'ai demandé à oncle Alex :

— Pourquoi as-tu dit : pas assez soyeux ?

— C'est un terme de métier. Il n'y connaît rien en vin.

— Mais toi, tu t'y connais ?

— Pas mal.

Non, il n'y connaissait rien. Il ne buvait jamais.

— Je pourrais en remontrer à ces tastevins de merde.

Il tremblait.

— Calme-toi, oncle Alex, lui ai-je dit.

Et il a retrouvé son sourire. Il a bredouillé quelques excuses à mon intention. Nous achevions le dessert — deux tartes Tatin — et l'oncle Alex m'a dit :

— Au fond, nous n'avons jamais parlé tous les deux.

J'ai senti qu'il voulait me confier quelque chose. Il cherchait les mots.

— J'ai envie de changer de vie.

Il avait pris un ton grave qui n'avait jamais été le sien. Alors, j'ai croisé les bras pour bien lui montrer que j'écoutais, de toutes mes forces.

— Mon cher Patrick... Il y a des périodes où il faut faire le bilan...

J'approuvais d'un petit hochement de tête.

— Il faut essayer de repartir sur des bases solides, tu comprends ?

— Oui.

— Il faut essayer de trouver des racines, comprends-tu ?

— Oui.

— On ne peut pas toujours être un homme de nulle part.

Il avait appuyé sur les syllabes de « nulle part » avec coquetterie.

— L'homme de nulle part...

Et il se désignait de la main gauche, en inclinant la tête et en esquissant un sourire charmeur. Jadis cela devait être d'un certain effet sur les femmes.

— Ton père et moi, nous sommes des hommes de nulle part, comprends-tu ?

— Oui.

— Est-ce que tu sais que nous n'avons même pas un acte de naissance... une fiche d'état civil... comme tout le monde... hein ?

— Même pas ?

— Ça ne peut plus durer, mon garçon. J'ai beaucoup réfléchi et je suis convaincu que j'ai raison d'avoir pris une décision importante.

— Laquelle, oncle Alex ?

— Mon vieux, c'est très simple. J'ai décidé de quitter Paris et d'habiter la campagne. Je pense beaucoup à ce moulin.

— Tu vas l'acheter ?

— Il y a de fortes chances que oui. J'ai besoin de vivre à la campagne... J'ai envie de sentir de la terre et de l'herbe sous mes pieds... Il est temps, Patrick...

— C'est très beau, oncle Alex.

Il était ému lui-même de ce qu'il venait de dire.

— La campagne, c'est quelque chose d'épatant pour quelqu'un qui veut recommencer sa vie. Tu sais à quoi je rêve, toutes les nuits ?

— Non.

— A un petit village.

Une ombre d'inquiétude a voilé son regard.

— Tu crois que j'ai l'air assez français ? Franchement, hein ?

Il avait des cheveux noirs ramenés en arrière,

157

une moustache légère, des yeux sombres et des cils très longs.

— Qu'est-ce que c'est, l'air français ? ai-je demandé.

— Je ne sais pas, moi...

Il faisait tourner pensivement la petite cuillère dans la tasse de café.

— J'ai pensé à ton avenir, mon cher Patrick, a-t-il dit. Je crois avoir trouvé le métier qui te conviendrait.

— Ah bon ?

Il a allumé une cigarette.

— Un métier sûr, parce qu'on ne sait jamais ce qui peut arriver dans une époque comme la nôtre... Il faut que tu évites les erreurs que nous avons commises, ton père et moi... Nous étions livrés à nous-mêmes. Personne ne nous a conseillés. Nous avons perdu beaucoup de temps... Je vais me permettre de te conseiller, mon cher Patrick... tu veux que je te dise ce métier ?... Il a appuyé sa main sur mon épaule. Il me regardait droit dans les yeux et d'une voix solennelle et altérée, il a dit :

— Tu devrais être exploitant forestier, Patrick. Je te donnerai une brochure là-dessus. Qu'en penses-tu ?

— Il faut d'abord que je m'habitue à cette idée.

— Tu liras cette brochure. Nous en reparlerons.

158

L'oncle Alex avait commandé une verveine qu'il buvait à petites gorgées.

— Je me demande comment il est ce moulin.. Tu crois qu'ils ont conservé la roue?

Il avait dû y rêver depuis plusieurs jours. A moi aussi d'ailleurs, le nom de « moulin » me donnait à rêver. J'entendais le bruit de l'eau, je voyais couler une rivière à travers les herbes.

Le sommelier s'approcha de notre table. Il eut un geste embarrassé et toussota pour attirer l'attention de mon oncle Alex.

— Monsieur... finit-il par dire.

Je tapai sur l'épaule de mon oncle Alex.

— Monsieur voudrait te parler, oncle Alex...

Oncle Alex a levé la tête vers le sommelier.

— Qu'est-ce qu'il y a?

— Monsieur, je voudrais vous demander quelque chose...

Il rougissait, il baissait les yeux.

— Quoi?

— Un autographe, monsieur.

Oncle Alex le fixait, l'œil rond.

— Vous êtes bien l'acteur Gregory Ratoff, monsieur?...

Mon oncle Alex s'était dressé, le visage pourpre.

— Certainement pas, monsieur. Je suis français et je m'appelle François Aubert.

L'autre avait un sourire timide;

— Non, monsieur. Vous êtes Gregory Ratoff... L'acteur russe.

Mon oncle Alex me tira par le bras. Nous prîmes la fuite à travers la salle à manger et le bar. Le sommelier nous poursuivait.

— S'il vous plaît, monsieur Ratoff... un autographe, monsieur Ratoff...

Le barman, intrigué, marcha vers le sommelier, en lui faisant un geste interrogatif.

— C'est un acteur russe... Gregory Ratoff...

Nous nous étions engagés dans l'escalier. Mon oncle Alex me poussait, nous montions les marches quatre à quatre. Je trébuchai et me rattrapai à la rampe de justesse. Les deux autres étaient en bas, la tête levée. Ils agitaient les bras.

— Monsieur Ratoff!... Monsieur Ratoff!... Monsieur Ratoff!...

L'oncle Alex s'est affalé sur l'un des lits jumeaux de notre chambre. Il a fermé les yeux.

— Je m'appelle François Aubert... François Aubert... Aubert...

Cette nuit-là, il a eu un sommeil difficile.

*

Nous avions pris une mauvaise route et nous ne sommes arrivés que vers midi aux abords du village dont j'aimerais tant me rappeler le nom. Ces quinze dernières années j'ai scruté les cartes de l'Eure, de l'Oise et même de l'Orne en espérant le trouver. C'était — je crois — un nom mélodieux qui finissait par « euil », quelque chose comme Vainteuil, Verneuil ou Septeuil.

Un petit village dont la rue principale était encore pavée à la manière d'autrefois. Les maisons qui la bordaient, pour la plupart des fermes, laissaient une impression de calme et de solidité. Il faisait un beau soleil. Un vieux, assis sur les marches du « Café-Tabac », a suivi d'un mouvement de tête le passage de notre automobile.

Mon oncle Alex regrettait d'avoir perdu une nuit dans cette auberge. Nous aurions dû voyager d'une seule traite. Le rendez-vous avec le notaire avait été fixé vers onze heures et cet homme s'impatientait. Non? Tu ne crois pas? Nous avons débouché sur la place juste au moment de la sortie de la messe et nous nous sommes efforcés de faire bonne contenance dans notre grosse automobile, tandis que la masse des fidèles s'écoulait des deux côtés de la DS 19 en nous dévisageant. Oncle Alex baissait la tête. Et tout à coup, un projectile s'écrase contre le pare-brise, qui n'est plus en son centre qu'une poussière de verre dont les grains tiennent par miracle.

— Un enfant qui s'amuse avec son lance-pierres, ai-je dit à l'oncle Alex.

— Tu crois vraiment que c'est un enfant?

Nous avons attendu qu'il n'y ait plus personne sur la place pour sortir. Oncle Alex a fermé à clé les portes de l'auto. Il me serrait le bras, ce qui n'était pas dans son habitude et trahissait chez lui un trouble profond. Nous n'avons pas mis beaucoup de temps à trouver la rue Bunau-Varilla où nous attendait au numéro 8, le notaire. Un homme de très petite taille, chauve, la soixantaine affable. Il portait — pourquoi cela m'a-t-il frappé? et pourquoi ai-je toujours des souvenirs aussi précis et inutiles? — un costume prince-de-galles d'une coupe très ample. Sous ses paupières plissées son regard filtrait, comme à travers des lattes de persienne.

— Nous allons voir le moulin? a-t-il dit à mon oncle. Je pense que cela vous plaira, j'en serais ravi personnellement.

Nous sommes montés dans la DS 19, oncle Alex et le notaire devant, moi à l'arrière. Oncle Alex conduisait à l'aveuglette, à cause de la vitre brisée.

— C'est un oiseau qui a fait ça? a demandé le notaire, en désignant la vitre.

— Pourquoi un oiseau? a dit mon oncle.

— Je suis un ami du propriétaire du moulin, a dit le notaire.

— Vous avez déjà eu beaucoup de clients?

— Vous êtes le premier, monsieur.

— Dites-moi, ce moulin... il est au milieu de la campagne, hein?

— Tout à fait isolé.

— Et il y a une rivière et de l'herbe? a demandé l'oncle Alex, ravi.

— Bien sûr.

— Et des saules au bord de la rivière?

— Non. Mais une très grande variété d'arbres, monsieur.

162

— Dites-moi... c'est stupide... je n'ose pas vous le demander...

— Mais faites, monsieur, a dit le notaire d'une voix très douce.

— C'est un vieux rêve... Vous savez, il y a une chanson... Je vais essayer de vous en dire les paroles...

C'était la première fois qu'oncle Alex parlait d'une chanson.

— Voilà les paroles...

Il hésitait comme s'il allait dire quelque obscénité

Quand tu reverras ta rivière,
les prés et les bois d'alentour...
et le banc vermoulu près du vieux mur de pierre

Il y a eu un silence.

— Est-ce que le moulin fait penser à cette chanson ? a fini par demander l'oncle Alex

— Vous verrez par vous-même, monsieur.

Nous avions quitté le village et l'oncle Alex conduisait avec difficulté. Je devais l'avertir quand les véhicules venaient dans l'autre sens. Le notaire nous a indiqué une route, à gauche, et à l'instant où nous nous y engagions, le pare-brise s'est répandu en petits grains de verre sur le tableau de bord.

— On verra mieux comme ça, a dit l'oncle Alex.

Le notaire nous désignait un portail de bois

blanc, de chaque côté duquel courait un mur d'enceinte.

— Voilà, messieurs.

Nous avons poussé le portail mais j'avais eu le temps de remarquer, à droite sur le mur, une plaque de bois où était inscrit en lettres simili-chinoises : Moulin Yang Tsé.

— Moulin Yang Tsé? ai-je demandé au notaire.

— Oui.

Il hochait la tête, l'air gêné.

— Pourquoi « Yang Tsé »? a demandé l'oncle Alex, en nous considérant d'un œil inquiet.

Le notaire n'a pas répondu et nous étions déjà dans le jardin.

Là-bas, au fond, en partie caché par deux hêtres pourpres, je distinguais une sorte de bungalow. A mesure que nous nous en approchions, je découvrais qu'il était construit sur des pilotis et que son toit de tuiles se composait de pans superposés et relevés. Un homme de grande taille et aux cheveux blancs se tenait debout sur la véranda et agitait le bras à notre intention. Il descendit l'escalier de bois et vint vers nous d'un pas souple. Il avait un collier de barbe très soigné qu'il n'arrêtait pas de caresser, et de gros yeux bleus.

— Monsieur Abott, dit le notaire, en nous désignant l'homme.

— François Aubert et mon neveu, dit l'oncle Alex d'une voix mondaine.

— Très heureux. Si vous voulez bien monter...

Je regardai mon oncle Alex à la dérobée. Il était très pâle.

Nous montâmes l'escalier qui donnait accès à la véranda. Abott et le notaire nous précédaient.

— Je croyais que... c'était un moulin, a dit timidement mon oncle.

— J'ai fait détruire l'ancien moulin et j'ai construit ça à la place il y a cinq ans, a déclaré Λbott C'est beaucoup plus beau. Aucune comparaison.

Nous restions immobiles sur la véranda, mon oncle et moi, face aux deux autres. Abott effleurait son collier de barbe d'un index précautionneux. Je ne sais pas pourquoi, mais je me suis toujours méfié de ces hommes au collier de barbe trop soigné.

— Ça a beaucoup plus de cachet que l'ancien moulin, croyez-moi... a dit le notaire.

— Vous en êtes sûr ? a demandé mon oncle. Il était de plus en plus pâle et je craignais qu'il n'eût un malaise.

— Mon ami Abott a longtemps vécu en Indochine, a dit le notaire. Il n'est là que depuis 1954 et il a fait bâtir cette maison pour ne pas être trop dépaysé. Moi, je trouve que ça a un cachet fou... Vous cherchiez quelque chose d'original, non ?

— Pas exactement, a dit mon oncle.

Abott et le notaire nous entraînèrent à l'intérieur, dans une pièce longue et étroite, le salon sans doute.

— Vous remarquerez, a dit le notaire sentencieusement, que tous les murs et toutes les cloisons sont en bois de teck.

— Tous, a répété Abott. Tous.

Un torse de Bouddha en pierre occupait une grande niche devant nous. Aux murs, des peintures sur soie abîmées, semblaient porter des traces de suie. Des rocking-chairs étaient disposés autour d'une table chinoise très basse et aux pieds torses et lourds.

— Qu'est-ce que tu en penses ? ai-je chuchoté à l'oncle Alex.

Il ne m'a pas entendu. L'air accablé, il serrait les lèvres comme quelqu'un qui va pleurer de découragement.

— Alors, monsieur ? a demandé Abott.

Oncle Alex se taisait. Il traversait la pièce, le dos courbé, d'un pas d'automate. Il avait de la peine à se frayer un passage à travers tous ces bibelots d'Extrême-Orient disposés dans le plus grand désordre, ces plateaux à opium, ces paravents en bois de rose. Il s'arrêtait devant un panneau laqué.

— Ça, a dit Abott, ce n'est pas de la foutaise. C'est du xviie siècle, monsieur. Ça représente l'arrivée des ambassadeurs de Louis XV à la cour thaïlandaise en 1726.

— Vous le vendez avec le reste, Michel ? a demandé le notaire.

— Tout dépend du prix.

166

— Je vais montrer les autres chambres à monsieur.

— Non, a soufflé mon oncle Alex. Ce n'est pas la peine...

— Mais si. Pourquoi ? s'est exclamé le notaire.

— Non. Non. Je vous en prie...

Je baissai la tête, m'attendant à un éclat, fixai du regard la pointe de mes souliers et un peu plus loin une peau de léopard à la taille impressionnante, étalée sur le sol.

— Vous vous sentez mal, monsieur ? a demandé Abott.

— Ce n'est rien... je vais prendre l'air une minute, a murmuré oncle Alex.

Nous le suivîmes sur la véranda.

— Asseyez-vous là, a dit Abott en désignant des fauteuils en rotin.

Oncle Alex s'effondra sur l'un des fauteuils. Nous nous assîmes en face de lui, le notaire et moi.

— Je vais vous faire porter une boisson rafraîchissante, a dit Abott. Un instant, je vous prie...

Il disparaissait dans le salon, et j'avais surpris un geste de connivence qu'il faisait à l'intention du notaire, et ce geste — mais peut-être avais-je l'esprit mal intentionné — voulait dire :

— Essaie de le persuader.

D'ailleurs, cet homme au collier de barbe si soigné m'avait paru, de prime abord, un peu douteux et je l'imaginais compromis dans quelque trafic de piastres.

— Je ne m'attendais pas du tout à ça, a dit mon oncle d'une voix mourante.

— Ah bon?

— Je croyais que c'était un *vrai* moulin, vous comprenez...

— C'est aussi bien qu'un vrai moulin, non? a dit le notaire.

— Ça dépend des points de vue... Je veux quelque chose de reposant, vous comprenez...

— Mais le Moulin Yang Tsé est tout à fait reposant, a dit le notaire. On se croirait en dehors de tout, à des milliers de kilomètres. C'est un dépaysement...

— Je ne cherche pas à être dépaysé, monsieur, a répondu gravement l'oncle Alex. Dépaysé de quoi, d'ailleurs?

Il s'est tu brusquement, tant cette déclaration l'avait épuisé.

— Vous avez tort, a dit le notaire. C'est une affaire unique... Abott a des échéances urgentes... Il vous le laissera pour une bouchée de pain... Vous devriez sauter sur l'occasion...

Nous restions silencieux. Je pianotais sur une curieuse petite table en bois, de forme circulaire.

— Vous savez comment ça s'appelle? a dit le notaire en me désignant la petite table.

— Non.

— Les Thaïlandais appellent ça un tambour de pluie.

Mon oncle Alex demeurait prostré. Une très

forte pluie d'été s'est mise à tomber, une pluie tropicale, une pluie de mousson.

— Quand on parle de la pluie, la voilà, a plaisanté le notaire.

De l'autre bout de la véranda, un jeune Annamite, l'air d'un boy avec sa veste blanche, venait vers nous portant un plateau. La pluie redoublait de violence et il faisait très lourd. Oncle Alex s'épongeait le front. Abott est apparu, une chemise kaki entrouverte sur sa poitrine. Il caressait son collier de barbe.

— Tenez, je vous ai apporté de la quinine. On ne sait jamais, a-t-il dit à l'oncle Alex.

Le boy a posé le plateau de rafraîchissements par terre et Abott lui a donné un ordre en employant la langue de là-bas. L'autre a allumé une lanterne chinoise qui se balançait au-dessus de nous. Toute la tristesse et la déception que je devinais chez mon oncle Alex à cet instant-là me gagnaient moi aussi. Pendant le voyage, il avait rêvé d'un vieux moulin de pierre, d'une rivière qui coulait au milieu des herbes et de la campagne française. Nous avions traversé l'Oise, l'Orne, l'Eure et d'autres départements. Enfin nous étions arrivés dans ce village. Mais à quoi, mon oncle, avaient servi tant d'efforts ?

XII

Foucré parlait à voix basse avec quelqu'un, devant la fenêtre. Une jeune femme blonde était assise sur le canapé, le seul meuble de la pièce. Elle fumait. A mon arrivée, Foucré se retourna. Il vint vers moi et me désignant la jeune femme :

— Je vous présente Denise Dressel.

Je lui serrai la main, et elle me jeta un regard distrait. Foucré avait repris son conciliabule. Je m'assis au pied du canapé et elle ne m'accorda aucune attention.

Je me répétais le nom : « Dressel », qui venait d'être prononcé et aussitôt un prénom s'y ajoutait dans mon esprit : Harry. Mais qui était Harry Dressel ? Je m'efforçais de mettre un visage sur ces quatre syllabes dont la combinaison me semblait évidente. Je fermai les yeux pour mieux me concentrer. Quelqu'un m'avait-il parlé un jour d'un certain Harry Dressel ? Avais-je lu ce nom quelque part ? Avais-je rencontré cet homme au cours d'une vie antérieure ? Je m'entendis demander d'une voix sourde :

— Vous êtes la fille d'Harry Dressel?

Elle me fixa, les yeux écarquillés, puis elle eut un geste brusque et laissa tomber sa cigarette.

— Comment le savez-vous?

Je cherchai une réponse. En vain. Cette phrase m'était venue machinalement et j'aurais aimé le lui avouer, mais je remarquai une telle altération sur son visage que je restai muet.

— Vous connaissez Harry Dressel?

Elle avait prononcé : Harry Dressel, presque à voix basse, comme si ce nom lui brûlait les lèvres.

— Un peu, oui.

— Ce n'est pas possible.

— J'ai souvent entendu parler de lui, ai-je dit en guettant de sa part une vague indication qui me permettrait de savoir qui était au juste ce Harry Dressel.

— On vous a parlé de mon père? a-t-elle demandé avec anxiété.

— Beaucoup de gens.

— Pourquoi? Vous êtes dans le spectacle?

J'ai vu la piste d'un cirque, j'ai entendu le roulement du tambour qui n'en finit pas, tandis que là-haut, une trapéziste va faire le saut de la mort et que, les yeux fixés sur les pointes de mes chaussures, je prie pour elle.

— C'était un très bon artiste, ai-je dit.

Elle me regardait, avec une expression de reconnaissance. Elle m'avait même pris la main.

— Vous croyez qu'on se souvient encore de lui?

— Bien sûr.

— Il serait si content s'il vous entendait, a-t-elle dit.

Ce soir-là, je l'ai raccompagnée chez elle. Nous avons fait le chemin à pied. Elle voulait me montrer une photo de son père. l'unique photo qu'elle possédait. Tandis que nous marchions, je l'observais. Quel âge avait-elle ? Vingt-trois ans Et moi, à peine dix-sept. Elle était de taille moyenne, blonde les yeux clairs et bridés, le nez petit, et les lèvres couleur carmin. Ses pommettes, sa frange et son manteau de renard blanc lui donnaient un air mongol.

Elle habitait dans un groupe d'immeubles, avenue Malakoff. Nous avons traversé un vestibule et nous sommes entrés dans sa chambre. Celle-ci était très spacieuse. Deux portes-fenêtres, un lustre. Le lit, d'une largeur que je n'avais jamais vue auparavant, était recouvert d'une peau de léopard. A l'autre bout de la pièce, près d'une des fenêtres, une coiffeuse au tissu de satin bleu ciel. Et, côte à côte, au mur du fond, deux grandes photos que rehaussait le même cadre doré. Elle alla aussitôt les décrocher et les posa sur le lit.

Les deux visages avaient été photographiés de trois quarts et légèrement penchés. Au bas de la photo de l'homme, son nom inscrit en lettres blanches : HARRY DRESSEL

Il paraissait trente ans à peine, avec ses cheveux blonds ondulés, son regard vif et son sourire.

Il portait une chemise au col entrouvert sur un foulard à pois noué négligemment. Entre sa photo et celle de sa fille, il s'était écoulé plus de vingt ans sans doute, et ce père et cette fille semblaient plutôt frère et sœur. A la pensée qu'elle avait tenu à se faire photographier dans la même pose que son père et sous le même éclairage, j'éprouvais une certaine émotion.

— Je lui ressemble, hein? Je suis tout à fait une Dressel.

Et elle avait dit : « Une Dressel », comme elle aurait dit une Habsbourg ou une Lusignan.

— Si j'avais voulu, j'aurais pu moi aussi travailler dans le spectacle, mais il n'aurait pas aimé ça. Et après lui, c'était difficile.

— Il devait être un bon père, ai-je dit.

Elle m'a regardé avec ravissement et surprise. Enfin, elle avait rencontré quelqu'un qui comprenait qu'elle n'était pas la fille de n'importe qui mais de Harry Dressel. Plus tard, quand je suis venu habiter définitivement chez elle, j'ai deviné que je jouerais un rôle important dans sa vie. J'étais la première personne avec qui elle avait pu parler de son père. Or, elle, c'était le seul sujet qui l'intéressait. Je lui ai dit que moi aussi son père m'intriguait au plus haut point et que depuis que nous nous étions rencontrés, je me posais sans cesse des questions sur cet homme. Je lui confiai mon projet : écrire une biographie d'Harry Dressel. J'aurais fait n'importe quoi pour elle.

Elle ne l'avait pas revu depuis 1951, du temps

où elle était encore une enfant, car cette année-là on avait proposé à son père de partir en Egypte pour animer un cabaret, près de l'Auberge des Pyramides. Et puis, au mois de janvier 1952, l'incendie du Caire et la disparition de Harry Dressel avaient — hélas — coïncidé. Il habitait alors un hôtel qui brûla tout entier. C'était du moins ce qu'on avait dit, mais elle n'y croyait pas.

Elle était persuadée, elle, que son père vivait encore, qu'il se cachait pour des raisons bien à lui, mais qu'il réapparaîtrait un jour ou l'autre. Je lui jurais que, moi aussi, je le croyais. Une fille étrange. Elle passait la plupart de ses après-midi étendue sur le grand lit, dans des peignoirs de bain rouge vif, à fumer des cigarettes dont l'odeur était opiacée. Et elle écoutait toujours les mêmes disques qu'elle me demandait de remettre dix ou vingt fois de suite. *Shéhérazade* de Rimsky-Korsakov et un soixante-dix-huit tours, où était gravée l'ouverture d'une opérette nommée : *Deux sous de fleurs.*

Au début, je ne comprenais pas pourquoi elle avait tant d'argent. Je l'avais vue acheter, le même après-midi, un manteau de panthère et des bijoux. Elle m'avait gentiment proposé de me faire couper plusieurs costumes chez un tailleur qui avait compté parmi ses clients les ducs de Spolète et d'Aoste, mais je n'avais pas osé franchir le seuil de ce temple. J'ai fini par lui avouer que les vêtements ne m'intéressaient pas et comme elle insistait pour savoir ce qui « m'intéressait », je lui ai dit : les livres. Et j'ai conservé jusqu'à maintenant ceux qu'elle eut la gentillesse de m'offrir : le Larousse du XXe siècle en six volumes, le dictionnaire Littré, l'*Histoire naturelle* de Buffon dans une très vieille et très belle édition illustrée, et enfin les *Mémoires* de Bülow, reliées d'un maroquin vert pâle. J'ai souffert quand elle m'a expliqué, au bout de quelques temps, qu'elle était entretenue par un Argentin qui venait chaque année en France au mois de mai assister aux coupes de polo que disputait son neveu. Oui, j'ai envié ce Sr. Roberto Lorraine dont elle m'a montré une photographie : un petit homme corpulent, aux cheveux très noirs et luisants.

Moi, j'étais prêt à commencer le livre qui retracerait la vie de son père, avec toute la passion que j'y pourrais mettre. Elle s'impatientait à l'idée de me voir écrire les premières pages. Elle voulait que je travaille dans un décor digne d'une telle entreprise et la table sur laquelle je rédigerais mon œuvre lui causait beaucoup de soucis.

Elle a fini par se décider pour un bureau Empire, tout surchargé de bronze. Le fauteuil où je prendrais place avait des bras recouverts d'un velours grenat bordé de clous d'or, et un dossier haut et massif. Enfin, je lui avais expliqué qu'il m'était difficile de rester longtemps assis et elle fit l'acquisition d'un lutrin de cathédrale qui lui coûta une fortune. Je sentais qu'elle m'aimait bien dans ces moments-là.

Et me voilà, le premier soir, assis à mon

bureau. Sur celui-ci, des crayons qu'elle avait taillés. Deux ou trois de ces énormes stylos de marque américaine dont les réservoirs étaient pleins. Et des bouteilles d'encre de toutes les couleurs. Et des gommes. Et des buvards roses et verts. Et un bloc de papier à lettres grand format ouvert sur une page blanche. J'ai écrit en lettres capitales : LA VIE D'HARRY DRESSEL, et dans le coin droit de la page suivante le chiffre 1. Il fallait commencer par le début, lui demander quels souvenirs elle avait conservés de son père, tout ce qu'elle savait de son enfance à lui et de sa jeunesse.

Harry Dressel était né à Amsterdam. Il avait perdu ses parents très tôt et quitté la Hollande pour Paris. Elle ne pouvait me dire quelles avaient été ses activités avant que nous le retrouvions en 1937, sur la scène du Casino de Paris parmi les boys de Mistinguett.

L'année suivante, il est engagé au Bagdad de la rue Paul-Cézanne pour y faire un petit numéro de fantaisiste. La guerre l'y surprend. Par la suite, il ne devient pas une vedette, mais une attraction de choix. D'abord au Vol de nuit jusqu'en 1943. Puis au Cinq à Neuf jusqu'en 1951, date de son départ pour l'Egypte, où il disparaît. Telle avait été, dans ses grandes lignes, sa vie professionnelle.

La mère de Denise était l'une de ces cavalières du Tabarin que l'on voyait sur le manège aux chevaux de bois. Le manège tourne, tourne de plus en plus lentement, les chevaux se cabrent et les cavalières se renversent en arrière la poitrine nue, les cheveux dénoués. Et l'on joue l'*Invitation à la valse* de Weber. Dressel avait vécu trois ans avec cette fille avant qu'elle ne s'enfuît en Amérique. Alors, il avait élevé Denise tout seul.

Un dimanche après-midi, elle m'a emmené dans le dix-huitième arrondissement, square Carpeaux, où ils avaient habité, son père et elle. Les fenêtres de leur petit appartement du rez-de-chaussée donnaient sur le square, et son père pouvait ainsi la surveiller, lorsqu'elle jouait près du tas de sable. Ce dimanche-là, les fenêtres de l'appartement étaient ouvertes. Nous avons entendu des gens parler, mais nous n'osions pas regarder à l'intérieur. Le tas de sable n'avait pas changé — me dit-elle. Et les fins d'après-midi de dimanche qu'elle avait connues ici, elle retrouvait leur couleur et leur parfum de poussière. Un jeudi, le jour de son anniversaire, son père l'avait invitée au restaurant. Elle n'avait pas oublié le chemin. Vous suivez la rue Caulaincourt, sous les acacias. Le Montmartre de notre enfance. Vous remarquez un restaurant, à gauche, à l'angle de la rue Francœur. C'était là. Elle avait mangé, au désert, une glace pistache-fraise. Je notais tous ces détails.

Son père se levait très tard. Il lui avait expliqué qu'il travaillait pendant la nuit. Quand il n'était pas là, une dame flamande s'occupait d'elle. Et puis, il a commencé à lui parler de son départ pour l'Egypte. Il était prévu qu'elle viendrait le rejoindre, là-bas, au bout de quelques mois, avec la Flamande.

Malgré les notes que je rassemblais, je ne parvenais pas à combler les lacunes de cette vie. Ainsi, qu'avait fait Harry Dressel jusqu'en 1937 ?

Je comptais bien me rendre à Amsterdam pour mener mon enquête et j'avais envoyé à deux journaux néerlandais un texte qui devait paraître dans la rubrique des « Recherches », avec la photo de Dressel. « Toute personne susceptible de donner détails sur les activités du fantaisiste et chanteur Harry Dressel jusqu'en 1937, prière écrire à M. P. Modiano, c/o Dressel, 123 bis, avenue Malakoff. Paris. » Le silence. Je lançai dans les petites annonces d'un grand quotidien parisien un autre appel : « Toute personne pouvant donner informations détaillées sur activité professionnelle et autres du chanteur-fantaisiste Harry Dressel pendant son séjour en Egypte, juillet 1951 — janvier 1952, et en général détails sur sa vie, prière téléphoner urgence à M. P. Modiano, Malakoff 10-28. »

Cette fois, un homme se manifesta, un certain Georges Jansenne qui avait été, me dit-il au téléphone, l'imprésario de Dressel pendant « les dernières années ». Il parlait d'une voix nerveuse et je lui fixai un rendez-vous. Il se méfiait. Il me demanda si « ce n'était pas un piège ». Il préférait me rencontrer dans un lieu public, et me proposa lui-même un café de la place Victor-

Hugo. J'acceptai ses conditions. Le livre avant tout.

Je lui avais dit qu'il me reconnaîtrait parce que je mesurais près de deux mètres et je vis quelqu'un me faire un signe du bras au fond de la terrasse du Scossa. Je m'assis à sa table. On devinait qu'il avait été très blond et très bouclé, mais avec le temps, ces yeux, ces cheveux, cette peau de blond avaient déteint. L'homme était translucide. Il me jeta un regard d'albinos.

— Alors vous vous intéressez à Harry Dressel? Mais que voulez-vous savoir?

Sa voix était presque inaudible. Je pensais qu'elle avait traversé des années et des années avant de venir jusqu'à moi et qu'elle appartenait à une personne qui n'était plus de ce monde.

— Je connais sa fille, ai-je dit.

— Sa fille? Dressel n'a jamais eu de fille...

Il souriait d'un sourire délavé.

— Je suis heureux qu'un garçon de votre âge s'intéresse à Dressel... Moi-même...

Je me penchai vers lui, tant sa voix était faible. Un souffle.

— Moi-même je l'avais oublié depuis longtemps... mais en lisant son nom dans votre annonce... j'ai eu un pincement au cœur...

Il posa sa main sur mon bras, une main à la peau très blanche et très fine à travers laquelle je voyais tout le réseau des veines et les os.

— La première fois que j'ai rencontré Dressel..

— La première fois que vous avez rencontré Dressel, ai-je répété avidemment.

— C'était en 1942, à l'Aiglon... Il était accoudé au bar... un archange...

— C'est vrai ? ai-je dit.

— Qu'est-ce que ça peut bien vous faire ?

— Vous avez gardé d'autres souvenirs de lui ?

Son visage s'éclaira d'une ombre de sourire.

— Quand Harry allait dans un café, il se mettait toujours sur la terrasse du côté du soleil pour bronzer...

— C'est vrai ?

— Il se mettait aussi un produit sur les cheveux pour les rendre encore plus blonds.

Jansenne fronçait les sourcils.

— C'est idiot... Je ne me rappelle plus le nom du produit...

Il avait l'air exténué, brusquement. Il se tut. S'il gardait le silence, qui d'autre me parlerait d'Harry Dressel ? Combien étaient-ils, à Paris, qui auraient pu dire qu'un homme nommé Harry Dressel avait existé ? Hein ? Lui et moi. Et Denise.

— Je voudrais tellement que vous me parliez de lui, ai-je dit.

— C'est si loin, tout ça... Tenez... J'ai retrouvé le nom du produit qu'Harry se mettait toujours sur les cheveux... Du Clair-Eclat... Oui... C'était du Clair-Eclat...

Autour de nous, de nombreux consommateurs, profitaient de ce premier après-midi ensoleillé d'avril. Des jeunes gens, pour la plupart. Ils portaient des vêtements très légers et du dernier chic. Aujourd'hui, ces vêtements sembleraient à leur tour démodés, mais cet après-midi-là, c'était la tenue de Jansenne — un manteau très long, rembourré aux épaules, et un costume de flanelle fatigué — qui, par comparaison, donnait l'impression d'appartenir à une époque révolue. J'ai pensé que si Harry Dressel s'asseyait à notre table, il aurait peut-être la même allure de revenant que Jansenne.

— Je lui ai servi d'imprésario à la fin, murmurait Jansenne... A l'occasion de son départ pour l'Egypte...

Il ne répondait pas à toutes mes questions, mais d'après lui, on ne pourrait jamais tirer au clair ce qui s'était passé en Egypte. Il avait une idée très précise là-dessus, et comme je le forçais dans ses retranchements, il me fit comprendre à demi-mots que Dressel avait été assassiné là-bas. Après cet aveu timide, je ne parvins plus à tirer quelque chose de lui. Il me conseilla mollement de questionner un certain Edmond Jahlan qui, à l'époque où Dressel se trouvait en Egypte, était de l'entourage du roi Farouk. Par la suite, j'ai recherché cet Edmond Jahlan. Vainement. Où donc êtes-vous, Jahlan? Faites-moi signe.

Il avait commandé une menthe à l'eau et regardait devant lui, l'œil vide.

— Quel genre de numéro faisait Harry Dressel?

— Il chantait, monsieur. Il dansait aussi avec des claquettes.

— Et quelles étaient ses chansons ?

Il a froncé les sourcils, comme pour se rappeler les titres.

— Des chansons allemandes. Il avait une chanson fétiche :

« *Caprio-len...*

« *Ca-prio-len...*

« *Capriolen...* »

Il essayait de retrouver l'air, et sa voix se fêlait. Lointaine. Si lointaine.

— Il habitait bien square Carpeaux ? ai-je demandé.

Il a haussé les épaules et d'un ton excédé :

— Non, monsieur. Boulevard de Latour-Maubourg.

— Vous saviez qu'il avait une fille ?

— Mais non, voyons... c'est la deuxième fois que vous me le dites, monsieur... Vous aimez plaisanter, hein ?...

Il a plissé les yeux et m'a regardé, un rictus au coin des lèvres.

— Il aimait trop les hommes. .

Sa voix me fit peur.

— Je crois que nous pouvons nous quitter... je n'ai plus rien à vous dire...

Il s'est levé. Moi aussi. Nous marchions côte à côte sur le trottoir de la place Victor-Hugo.

— Pourquoi voulez-vous remuer le passé ?

Il se tenait devant moi, presque menaçant, avec

son visage et son manteau usés, ses cheveux déteints, son regard d'albinos.

— Vous ne pouvez pas nous laisser tranquilles une bonne fois pour toutes ? Dites ?

Il m'a planté là. Je restais immobile et le regardais marcher vers l'avenue Bugeaud. Il ne se retournait pas. Une vague forme humaine, une buée qui allait se dissiper d'un instant à l'autre. Capriolen

*

C'était une œuvre de longue haleine. Je l'expliquais à Denise, le soir, quand elle venait dans mon « cabinet de travail ». Il fallait d'abord réunir les preuves matérielles du passage d'Harry Dressel sur la terre. Et cela mettrait du temps. Déjà, en consultant tout un lot de vieux journaux, j'avais découvert une publicité du cabaret Vol de nuit, rue des Colonels-Renard, qui mentionnait son nom. Au bas de la page « spectacle » d'un autre journal, une publicité, de nouveau, mais écrite en caractères minuscules : « Le chanteur Harry Dressel passe actuellement au Cinq à Neuf rue de Ponthieu. Thé — Apéritifs 17 h — Dîners — Spectacle à 20 h 30. Ouvert toute la nuit » Je découpai ces documents et les collai sur un grand carnet à dessin. Je les observais à la loupe pendant des heures, tant j'avais fini par douter de l'existence d'Harry Dressel. Je dressais aussi de longues listes de gens susceptibles, s'ils vivaient encore, de me parler de lui. Et cela nécessitait l'acquisition de vieux annuaires de toutes espèces. Mais les numéros de téléphone ne répondaient plus et les lettres m'étaient renvoyées avec la mention : Inconnu à cette adresse.

Dressel avait eu un chien. Denise se souvenait de ce labrador nommé Mektoub. Une nuit, quand les sirènes de la Défense passive se mirent à hurler, ils descendirent à la cave, la Flamande, Denise et le chien. Au Cinq à Neuf, rue de Ponthieu, à la même heure, Dressel commençait son tour de chant. Dans la cave, la lumière s'était éteinte et l'on entendait le fracas des bombes, de plus en plus proche. Il s'agissait sans doute du bombardement de la gare de La Chapelle. Denise se serrait contre le chien et il lui léchait la joue. Cette langue râpeuse calmait sa peur de petite fille.

Elle gardait en mémoire l'après-midi où son père et elle avaient acheté le labrador, dans un chenil d'Auteuil, rue de l'Yvette. J'y suis retourné. Le directeur du chenil, un homme sensible, conservait depuis quarante ans les copies des pedigrees et une petite photo d'identité de tous les chiens qu'il avait vendus. Il m'a fait visiter ses archives qui occupaient une grande salle et il a retrouvé le pedigree et la photo du labrador. Celui-ci était né dans un élevage de Saint-Lô, en 1938, et les noms de ses parents et de ses quatre grands-parents étaient mentionnés. Le directeur du chenil m'a donné un duplicata du pedigree et un double de la photographie. Nous avons eu une longue conversation. Il rêvait de créer un fichier central où tous les chiens seraient répertoriés à leur naissance.

Il aurait aussi voulu collecter tous les documents — photos, films de long métrage ou d'amateurs, témoignages écrits ou oraux — se rapportant à des chiens disparus. Son tourment à lui, c'était de penser à tous ces milliers et ces milliers de chiens morts dans l'anonymat total et sans qu'ils eussent laissé la moindre trace. J'ai collé le pedigree et la photo du labrador sur le cahier à dessin, parmi les autres pièces relatives à Harry Dressel. Peu à peu, je commençais à rédiger mon livre, par fragments. J'avais décidé du titre définitif : « Les vies d'Harry Dressel », ce que m'avait dit Jansenne m'incitant en effet à penser que Dressel avait eu plusieurs vies parallèles. Je n'en possédais pas la preuve et mon dossier était bien mince, mais je comptais laisser aller mon imagination. Elle m'aiderait à retrouver le vrai Dressel. Il suffisait de rêver sur les deux ou trois éléments dont je disposais comme l'archéologue qui, en présence d'une statue aux trois quarts mutilée, la recompose intégralement dans sa tête. Je travaillais la nuit. Pendant la journée, Denise restait près de moi. Nous nous levions vers sept heures du soir. Sous son peignoir rouge, elle sentait un parfum qu'il m'arrive de reconnaître au passage de quelqu'un d'autre. Alors, je retrouve la cham-

bre dans la lumière grise des fins d'après-midi, le
bruit fluide et prolongé que faisaient les automo-
biles les jours de pluie, ses yeux aux reflets
mauves, sa bouche et la magie de ses fesses
blondes. Quand nous nous levions plus tôt, nous
allions nous promener au Bois, du côté des Lacs
ou du Pré-Catelan. Nous parlions de l'avenir.
Nous achèterions un chien. Nous partirions peut-
être en voyage. Est-ce que je voulais qu'elle se
coupe les cheveux ? Elle suivrait un régime à
partir d'aujourd'hui, parce qu'elle avait grossi
d'un kilo. Est-ce que tout à l'heure, je lui lirais un
passage de ce que j'avais écrit ? Nous allions dîner
dans un restaurant de l'avenue Malakoff, une
grande salle aux murs recouverts de boiseries
qu'il aurait fallu repeindre, comme les quatre
colonnes corinthiennes dressées à chaque coin et
qui s'effritaient. Le silence. Une lumière ambrée.
J'avais toujours soin de choisir une table à trois
places, au cas où Harry Dressel, ouvrant la
porte...

Vers minuit, je m'installais à mon bureau,
devant le bloc de papier à lettres. Une fatigue
m'envahissait à l'instant de décapuchonner mon
stylo. Mon cher Dressel, comme j'ai souffert à
cause de vous... Mais je ne vous en veux pas.
C'est moi le coupable. Je suis sûr que vous
avez douté de votre vie, ce qui explique que je
n'ai presque rien retrouvé d'elle. Alors, j'ai
bien été obligé de deviner, pour donner un père
à votre fille que j'aimais. Couchée dans la

chambre voisine, elle me demandait : « ça avance ? » et mettait sur le phono un disque de Rimsky-Korsakov parce qu'elle croyait que la musique vous fait écrire plus facilement.

Au début du mois de mai, Sr. Roberto Lorraine, son protecteur, arriva d'Argentine en compagnie de son neveu et de l'équipe de polo de celui-ci. Elle me dit que nous nous verrions moins. Je continuerais d'habiter chez elle et elle viendrait me retrouver de temps en temps pour que je lui lise la suite du livre consacré à son père. Je travaillais toute la journée pour me consoler de son absence. J'avais écrit près de cinquante pages sur les premières années de Dressel, période de sa vie dont j'ignorais tout. J'en avais fait une sorte de David Copperfield et je mêlais adroitement quelques passages de Dickens à ma prose. Les années d'adolescence à Amsterdam baignaient dans une « atmosphère » qui devait beaucoup au regretté Francis Carco. Mais à partir du moment où Dressel commençait sa carrière artistique au Casino de Paris, et rencontrait la mère de Denise, elle-même cavalière au Tabarin, je trouvais un ton plus personnel.

Le départ et le séjour en Egypte de 1951 m'inspiraient particulièrement et ma plume courait sur le papier. Entre Le Caire et Alexandrie, j'étais chez moi. Le cabaret bleu et or dont Dressel était l'animateur près de l'Auberge des Pyramides s'appelait Le Scarabée et l' « artiste » Annie Beryer s'y produisait. Le roi Farouk venait l'entendre chanter et chargeait son secrétaire italien d'apporter à Annie des bijoux de très grande valeur, mais le secrétaire les faisait copier et gardait les vrais bijoux pour lui. D'autres personnes hantaient cet endroit, rescapées d'on ne savait quel naufrage. Et Harry Dressel, la dernière fois qu'on l'avait vu ? En janvier quelques jours avant l'incendie, quand Mme Sazzly Bey avait donné une fête pour inaugurer sa nouvelle villa des environs du Caire, la copie exacte de « Tara » d'*Autant en emporte le vent,* avec son allée de cèdres...

Je lisais les chapitres à Denise. Elle ne pouvait plus dormir près de moi avenue Malakoff. Sr. Roberto Lorraine lui avait dit qu'il voulait se marier avec elle. Il était son aîné de trente ans, elle le trouvait un peu gros et elle n'aimait pas les hommes qui employaient des cosmétiques... Mais il comptait — paraît-il — parmi les trois plus grosses fortunes d'Argentine. J'étais désespéré et je le lui cachais.

Vers deux heures du matin, elle me faisait quelquefois une courte visite. Elle avait réussi à s'éclipser de l'Eléphant blanc où Sr. Roberto Lorraine et son neveu attendaient l'aube. Je lui donnais connaissance des dernières pages que j'avais écrites et elle ne s'étonnait jamais du tour que prenaient « les vies d'Harry Dressel ».

Nous avons eu encore quelques après-midi indolents. Elle s'enveloppait dans la peau de léopard et je continuais de lui lire les mille et une aventures de son père.

Un soir, je revenais avenue Malakoff, les bras chargés de trois grosses bobines que j'avais dérobées dans des archives cinématographiques avec la complicité d'un employé. Il s'agissait de la première partie d'un film, tourné en 1943, ce *Loup des Malveneur* auquel Dressel avait participé en y faisant de la « figuration intelligente ». Je comptais louer un appareil de projection et photocopier un par un les plans où on le voyait d'assez près pour qu'il fût reconnaissable.

Toutes les lumières de l'appartement étaient allumées, mais il n'y avait personne. Sur mon bureau Empire, un mot griffonné à la hâte :

« Je pars vivre en Argentine. Surtout continue le livre sur papa. Je t'embrasse. Denise. » Je me suis assis devant le bureau. J'avais posé les trois bobines du film par terre, à mes pieds. J'ai éprouvé une impression de vide qui m'était familière depuis mon enfance, depuis que j'avais compris que les gens et les choses vous quittent ou disparaissent un jour. En me promenant à travers les pièces, cette impression s'est accentuée. Les portraits de Dressel et de sa fille n'étaient plus là. Les avait-elle emportés en Argentine ? Le lit, la peau de léopard, la coiffeuse au satin bleu ciel, ils allaient passer par d'autres chambres, d'autres villes, un débarras peut-être et bientôt plus personne ne saurait que ces objets avaient été réunis, pour un temps très bref, dans une chambre de l'avenue Malakoff, par la fille d'Harry Dressel.

Sauf moi. J'avais dix-sept ans et il ne me restait plus qu'à devenir un écrivain français.

XIII

A la fin de cet été-là, je me suis marié. Les mois qui précédèrent cette étonnante cérémonie, je les ai passés avec celle qui allait devenir ma femme, dans son pays, en Tunisie. Là-bas, le crépuscule n'existe pas. Il suffisait de s'assoupir un instant sur la terrasse de Sidi-Bou-Saïd et la nuit était tombée.

Nous quittions la maison et son odeur de jasmin. C'était l'heure où, au café des Nattes, les parties de belote s'organisaient autour d'Aloulou Cherif. Nous descendions la route qui mène à La Marsa et surplombe la mer que l'on voit très tôt le matin, enveloppée d'une vapeur d'argent. Puis, peu à peu, elle prend la teinte de cette encre que j'aimais dans mon enfance parce qu'on nous interdisait de l'utiliser à l'école : bleu floride. Un dernier tournant, une dernière rue bordée de villas, et, à gauche, la petite gare du T.G.M. Des ombres attendaient le passage du train. Un lampadaire, sur le quai, éclairait faiblement la gare, sa façade blanche, son vieil auvent aux dentelles métalliques. Elle aurait pu être, cette gare, à Montargis ou à Saint-Lô si le bleu de son auvent et le blanc de. sa façade ne lui avaient donné un caractère suspect.

En face, au zéphyr, les gens se pressaient pour boire le thé au pignon ou jouer aux dominos. Nous entendions le murmure des conversations que la nuit accueillait. De temps en temps, la blancheur phosphorescente d'une djellaba. Le cinéma, de l'autre côté de la rue, affichait *Vacances romaines*, et en première partie, un film arabe avec Farid al Atrache. Je possède une photo ancienne de cet acteur où on le voit en compagnie de la sœur, la chanteuse Asmahane. Tous deux appartenaient à une famille princière du djebel Druze. La photo me fut donnée cette année-là par un vieux coiffeur de La Marsa dont la boutique se trouvait dans la première rue, à droite, après le cinéma. Il l'avait exposée au milieu de la vitrine et j'avais été frappé par la ressemblance de ma femme et de cette étrange Asmahane, chanteuse et espionne, dit-on.

Nous longions la promenade du bord de mer, aux deux rangées de palmiers. Elle était obscure. Passé l'ambassade de France, nous pénétrions dans le quartier résidentiel de La Marsa. Nous nous arrêtions au sommet d'une rue qui descend vers la mer. Nous poussions une porte de fer et nous étions au Bordj où ma femme avait sa famille.

On suit une allée qui domine le jardin en pente et, au fond, la mer. Un muret d'enceinte, supportant une petite grille, est envahi par les bougainvillées. On franchit une autre grille et on arrive dans une sorte de patio.

Ils étaient tous là, assis autour des tables de jardin, parlant à voix basse ou jouant aux cartes : le docteur Tahar Zaouch, Youssef Guellaty, Fatma, Mamia, Chefika, Jaouidah, et d'autres que je ne connaissais pas, visages à demi noyés de pénombre. Nous nous asseyions à notre tour et nous prenions part à la conversation. En juin, ils avaient quitté Tunis et l'appartement au charme beylical de la rue de la Commission pour s'installer au Bordj, la durée de l'été. Chaque soir serait comme celui-là et nous les retrouverions autour des tables à jouer aux cartes ou à bavarder, dans la lumière bleue.

Nous descendions les marches du jardin avec nos chers amis Essia et Moncef Guellaty. En bas, une allée marquait la frontière de ce qui avait été jadis le domaine du peintre hollandais Nardus : un grand parc qui s'étendait jusqu'à la plage. On l'avait loti et de nombreuses maisonnettes, cernées de jardinets, remplaçaient les ombrages de ce parc, où la blonde Flo, la fille de Nardus, se promenait nue, il y a si longtemps... La villa de marbre rose, que surmontait une tourelle, n'était pas détruite. Les nuits de pleine lune, nous distinguions le buste de Nardus, sculpté par lui-même, qui se dressait, blanc et solitaire devant la villa. Les nouveaux propriétaires l'avaient laissé intact. Il nous faisait face, son œil de plâtre braqué vers la plage. Du parc, il ne reste qu'un bouquet de grands eucalyptus qui embaument la nuit.

Mais souvent, après notre visite au Bordj, nous prenions la route de Gammarth. Elle longe la mer. Un peu avant Gammarth, nous nous arrêtions devant l'auberge des Dunes.

Un escalier. Il y avait une terrasse dont le sol était de marbre à losanges noirs et blancs. La plupart des tables étaient abritées par un treillage de verdure. Nous choisissions toujours la même, au bord de la terrasse, d'où nous pouvions voir la plage et la mer.

On entendait le ressac de cette mer et le vent m'apportait les derniers échos d'Alexandrie et de plus loin encore, ceux de Salonique et de bien d'autres villes avant qu'elles n'aient été incendiées.

XIV

En feuilletant un journal, mes yeux s'étaient posés par hasard à la page des annonces immobilières et je lus :

« Vide. Appartement quai Conti — Vue sur la Seine — 4ᵉ étage. Sans ascenseur. Danton 55.61. »

Mon pressentiment se confirma quand je téléphonai. Oui, c'était bien l'appartement où j'avais passé mon enfance. Je ne sais pas pourquoi, je demandai à le visiter.

L'homme de l'agence, un gros roux brillantiné, me précéda dans l'escalier. Au quatrième étage, il sortit de sa poche un trousseau d'une dizaine de clés et sans aucune hésitation trouva celle qui convenait. Il poussa la porte d'entrée et s'effaça :

— Après vous.

Un pincement au cœur. Cela faisait plus de quinze ans que je n'avais pas franchi ce seuil. Une ampoule, au bout d'un fil, éclairait le vestibule dont les murs avaient gardé leur teinte beige rosé. A droite, les portemanteaux où mon père accrochait ses nombreux pardessus, et la grande étagère sur laquelle étaient rangés — je m'en souviens encore — quelques vieux sacs de voyage et un chapeau de toile pour les pays chauds. Le roux brillantiné ouvrit l'un des battants de la porte du vestibule et nous pénétrâmes dans la grande entrée qui nous servait de salle à manger. Comme il était à peine sept heures du soir, en juin, une lumière douce et ambrée enveloppait cette pièce. Il me prit le bras :

— Excusez-moi...

Des gouttes de sueur glissaient le long de ses tempes. Il semblait très nerveux.

— Je... j'ai oublié ma serviette chez un client... Enfin... j'espère que c'est chez lui... je... j'y vais tout de suite... j'en ai pour un quart d'heure...

Il roulait des yeux affolés. Qu'y avait-il dans cette serviette pour le mettre dans cet état ? que craignait-il ?

— Ça ne vous gêne pas de m'attendre ici ?

— Pas du tout.

— Vous pouvez déjà faire le tour de l'appartement ?

— Bien sûr.

Il se dirigeait vers le vestibule, d'un pas rapide.

— A tout de suite... A tout de suite... jetez un premier coup d'œil.

La porte claqua derrière lui.

Je me retrouvai seul, à cet endroit de la pièce où était la table autour de laquelle, jadis, nous prenions nos repas. Le soleil dessinait des raies

orangées sur le parquet. Pas un bruit. L'œil-de-
bœuf, à travers lequel on devinait une chambre,
était toujours là. Je me rappelais l'emplacement
des meubles : les deux grands globes terrestres de
chaque côté de l'œil-de-bœuf. Sous celui-ci, la
bibliothèque vitrée qui supportait la maquette
d'un galion. Au pied de la bibliothèque le modèle
réduit de l'un de ces canons qu'on utilisait à la
bataille de Fontenoy. Les deux mannequins de
bois avec leur armure et leur cotte de maille,
chacun en retrait de l'un des globes terrestres. Et
devant la maquette du galion, le sabre qui avait
appartenu au duc de Gloucester. En face, dans le
renfoncement du mur, se trouvait un divan, et de
chaque côté, des rayonnages de livres, de sorte
que, lorsque je m'asseyais là, avant le dîner, et
que j'y lisais l'un des volumes reliés de toile rouge,
j'avais l'impression d'occuper un compartiment
de chemin de fer.

Vide, cette pièce me semblait plus petite. Ou
bien était-ce mon regard d'adulte qui la ramenait
à ses véritables dimensions ? Je passais dans la
« salle à manger d'été », une sorte de large
couloir au dallage noir et blanc, avec une baie
vitrée par où l'on pouvait voir les toits de la
Monnaie et le jardin de la maison voisine.
Comme en filigrane, m'apparaissait la table rec-
tangulaire au plateau de faux marbre. Et la
banquette de cuir orange, déteint par le soleil. Et
le papier peint, qui représentait une scène de *Paul
et Virginie*. Je traversai à nouveau l'entrée en

direction des deux pièces qui donnaient sur le quai. On avait arraché la glace du corridor. Je pénétrai dans ce qui avait été le bureau de mon père, et là j'éprouvai un sentiment de profonde désolation. Plus de canapé, ni de rideau dont le tissu assorti était orné de ramages grenat. Plus de portrait de Beethoven au mur, à gauche, près de la porte. Plus de buste de Buffon au milieu de la cheminée. Ni cette odeur de chypre et de tabac anglais.

Plus rien.

Je montai le petit escalier intérieur jusqu'au cinquième étage et j'entrai dans la pièce de droite, transformée en salle de bains par mon père. Le dallage noir, la cheminée, la baignoire de marbre clair étaient toujours là, mais dans la chambre côté Seine, les boiseries bleu ciel avaient disparu, et je contemplai le mur nu. Il portait par endroits des lambeaux de toile de Jouy, vestiges des locataires qui avaient précédé mes parents et j'ai pensé que si je grattais ces lambeaux de toile de Jouy, je découvrirais de minuscules parcelles d'un tissu encore plus ancien.

Il était près de huit heures du soir et je me demandais si le roux brillantiné de l'agence ne m'avait pas oublié. La chambre baignait dans cette lumière de soleil couchant qui faisait, sur le mur du fond, de petits rectangles dorés, les mêmes qu'il y a vingt ans. L'une des fenêtres était entrouverte et je me suis accoudé à la barre d'appui. Très peu de circulation Quelques pêcheurs tardits à la pointe de l'île, sous les feuillages lourds du jardin du Vert-Galant. Un bouquiniste dont je reconnaissais la haute silhouette et la pèlerine — il était déjà là du temps de mon enfance — pliait son siège de toile portatif et s'en allait d'une démarche lente vers le pont des Arts.

A quinze ans, lorsque je me réveillais dans cette chambre, je tirais les rideaux, et le soleil, les promeneurs du samedi, les bouquinistes qui ouvraient leurs boîtes, le passage d'un autobus à plate-forme, tout cela me rassurait. Une journée comme les autres. La catastrophe que je craignais, sans très bien savoir laquelle, n'avait pas eu lieu. Je descendais dans le bureau de mon père et j'y lisais les journaux du matin. Lui, vêtu de sa robe de chambre bleue, donnait d'interminables coups de téléphone. Il me demandait de venir le chercher, en fin d'après-midi, dans quelque hall d'hôtel où il fixait ses rendez-vous. Nous dînions à la maison. Ensuite, nous allions voir un vieux film ou manger un sorbet, les nuits d'été, à la terrasse du Ruc-Univers. Quelquefois nous restions tous les deux dans son bureau, à écouter des disques ou à jouer aux échecs, et il se grattait de l'index le haut du crâne avant de déplacer un pion. Il m'accompagnait jusqu'à ma chambre et fumait une dernière cigarette en m'expliquant ses « projets ».

Et comme les couches successives de papiers peints et de tissus qui recouvrent les murs, cet appartement m'évoquait des souvenirs plus lointains . les quelques années qui comptent tant pour moi, bien qu'elles aient précédé ma naissance. A la fin d'une journée de juin 1942, par un crépuscule aussi doux que celui d'aujourd'hui, un vélo-taxi s'arrête, en bas, dans le renfoncement du quai Conti, qui sépare la Monnaie de l'Institut. Une jeune fille descend du vélo-taxi. C'est ma mère. Elle vient d'arriver à Paris par le train de Belgique.

Je me suis souvenu qu'entre les deux fenêtres, à proximité des étagères de livres, il y avait un secrétaire dont j'explorais les tiroirs lorsque j'habitais cette chambre. Parmi les vieux briquets, les colliers de pacotille et les clés qui n'ouvrent plus aucune porte — mais quelles portes ouvraient-elles ? — j'avais découvert de petits agendas des années 1942, 1943 et 1944, qui appartinrent à ma mère et que j'ai perdus depuis. A force de les feuilleter, je connaissais par cœur toutes les indications brèves qu'elle y avait consignées. Ainsi, un jour de l'automne 1942, elle avait noté : « Chez Toddie Werner — rue Scheffer. »

C'est là qu'elle a rencontré mon père pour la première fois. Une amie l'avait entraînée dans cet appartement de la rue Scheffer qu'habitaient deux jeunes femmes : Toddie Werner, une juive allemande qui vivait sous une fausse identité et son amie, une certaine Liselotte, une Allemande, mariée à un Anglais qu'elle essayait de faire libérer du camp de Saint-Denis. Ce soir-là, une dizaine de personnes étaient réunies rue Scheffer.

On bavardait, on écoutait des disques et les rideaux tirés de la Défense passive rendaient l'atmosphère encore plus intime. Ma mère et mon père parlaient ensemble. Tous ceux qui étaient là, avec eux, et qui auraient témoigné de leur première rencontre et de cette soirée, ont disparu.

En quittant la rue Scheffer, mon père et Géza Pellmont voulurent aller chez Koromindé, rue de la Pompe. Ils invitèrent ma mère à les accompagner. Ils montèrent dans la Ford de Pellmont. Celui-ci était citoyen suisse et il avait obtenu un permis de circuler. Mon père m'a souvent dit que lorsqu'il s'asseyait sur la banquette de la Ford de Pellmont, il avait l'impression illusoire de se trouver hors d'atteinte de la Gestapo et des inspecteurs de la rue Greffulhe, parce que cette voiture était, en quelque sorte, un morceau du territoire helvétique. Mais les miliciens la réquisitionnèrent un peu plus tard et ce fut dans cette Ford qu'ils assassinèrent Georges Mandel.

Chez Koromindé, ils laissèrent passer l'heure du couvre-feu, et ils restèrent là, à bavarder, jusqu'à l'aube.

Les semaines suivantes, mon père et ma mère firent plus ample connaissance. Ils se donnaient souvent rendez-vous dans un petit restaurant russe, rue Faustin-Hélie. Au début, il n'osait pas dire à ma mère qu'il était juif. Depuis son arrivée à Paris, elle travaillait au service « synchronisation » de la Continental, une firme de cinéma allemande, installée sur les Champs-Elysées. Lui se cachait dans un manège du bois de Boulogne dont l'écuyer était l'un de ses amis d'enfance.

Hier, nous nous promenions, ma petite fille et moi, au jardin d'Acclimatation et nous arrivâmes, par hasard, en bordure de ce manège. Trente-trois ans avaient passé. Les bâtiments en brique des écuries où se réfugiait mon père n'avaient certainement pas changé depuis, ni les obstacles, les barrières blanches, le sable noir de la piste. Pourquoi ici plus que dans n'importe quel autre endroit, ai-je senti l'odeur vénéneuse de l'Occupation, ce terreau d'où je suis issu ?

Temps troubles. Rencontres inattendues. Par quel hasard mes parents passèrent-ils le réveillon 1942, au Baulieu, en compagnie de l'acteur Sessue Hayakawa et de sa femme, Flo Nardus ? Une photo traînait au fond du tiroir du secré-taire, où on les voyait assis à une table, tous les quatre, Sessue Hayakawa, le visage aussi impassible que dans *Macao, l'Enfer du Jeu,* Flo Nardus, si blonde que ses cheveux paraissaient blancs, ma mère et mon père, l'air de deux jeunes gens timides... Ce soir-là, Lucienne Boyer se produisait au Baulieu en vedette, et juste avant qu'on annonçât la nouvelle année, elle a chanté une chanson interdite, parce que l'un de ses auteurs était juif :

> « *Parlez-moi d'amour*
> *Redites-moi*
> *Des choses tendres...* »

Depuis, Sessue Hayakawa a disparu. Que faisait, à Paris, sous l'Occupation, cette ancienne vedette japonaise d'Hollywood ? Lui et Flo Nardus habitaient 14 rue Chalgrin une petite maison au fond d'une cour, où venaient souvent mon père et ma mère. Tout près, rue Le Sueur — la première rue à droite —, le docteur Petiot brûlait les cadavres de ses victimes. Dans l'atelier du rez-de-chaussée, avec ses colonnes torses, ses boiseries sombres et ses cathèdres, Sessue Hayakawa recevait mes parents en kimono « de combat ». La blondeur de Flo Nardus était encore plus irréelle en présence de ce samouraï. Elle prenait soin des fleurs et des plantes compliquées qui, peu à peu, envahissaient l'atelier. Elle élevait aussi des lézards. Elle avait vécu son enfance et son adolescence en Tunisie, à La Marsa, dans une villa de marbre rose que possédait son père, un peintre hollandais. Et ce fut précisément en Tunisie que je la rencontrai au mois de juillet 1976. J'avais appris qu'elle s'était fixée dans ce pays depuis quelque temps, comme ceux qui reviennent là où a commencé leur vie.

Je lui téléphonai et lui dis mon nom. Après plus de trente ans, elle se souvenait encore de mes parents. Nous nous donnâmes rendez-vous le jeudi 8 juillet, à dix-huit heures, au Tunisia Palace, avenue de Carthage.

Cet hôtel avait sûrement eu son heure de faste sous le Protectorat mais depuis, le hall avec ses rares fauteuils et ses murs vides semblait désaffecté. Près de moi, était assis un gros homme au complet noir très strict qui faisait glisser dans sa main droite un collier d'ambre. Quelqu'un vint le saluer en l'appelant « Hadji ».

Je pensais à mes parents. J'eus la certitude que si je voulais rencontrer des témoins et des amis de leur jeunesse, ce serait toujours dans des endroits semblables à celui-ci : halls d'hôtels désaffectés de pays lointains où flotte un parfum d'exil et où viennent échouer les êtres qui n'ont jamais eu d'assise au cours de leur vie, ni d'état civil très précis. En attendant Flo Nardus, je sentais, à mes côtés, la douce et furtive présence de mon père et de ma mère. Je la vis entrer et je sus tout de suite que c'était elle. Je me levai et lui fis un signe de la main. Elle portait un turban rose, un corsage de la même couleur, un pantalon et des vieilles espadrilles. A sa taille, une ceinture composée de morceaux de verres orange et d'éclats de miroir retenus par des fils d'argent. Je reconnaissais la femme de la photo. Son profil était encore très pur et ses yeux d'un bleu de myosotis

Je l'ai surprise quand je lui ai parlé du passé. Elle-même ne se souvenait plus très bien des détails. Puis, peu à peu, sa mémoire s'est éclaircie et j'avais l'impression qu'elle me restituait une très ancienne bande magnétique qu'elle avait oubliée au fond d'un tiroir.

Elle se rappelait que mon père s'était caché

pendant un mois 14 rue Chalgrin, sans oser sortir une seule fois de la maison, parce qu'il n'avait aucun papier et qu'il craignait les rafles. Sessue Hayakawa n'était pas en règle non plus. Les Allemands ignoraient que ce Japonais avait un passeport américain et les Japonais voulaient le mobiliser. Le soir, mon père, Sessue et elle jouaient aux dominos pour oublier leurs soucis, ou bien mon père faisait répéter à Sessue son rôle dans *Patrouille blanche,* un film qu'il tournait sous la direction d'un certain Christian Chamborant. Mon père était un vieil ami. Il avait été témoin de leur mariage, à Sessue et à elle, en 1940, au consulat du Japon. Oui, elle revoyait cette soirée du Beaulieu, mais ils s'étaient retrouvés une semaine auparavant, 14 rue Chalgrin, pour Noël : mon père, ma mère, Toddie Werner, Koromindé, Pellmont, tous les autres...

Il ne restait plus que nous dans le hall. Des bruits de voitures et de klaxons venaient de la rue, et nous, nous étions là, à parler d'un passé qui nous avait réunis mais qui était si lointain qu'il perdait toute réalité.

Nous sommes sortis de l'hôtel et nous avons suivi l'avenue Bourguiba. La nuit tombait. Des centaines d'oiseaux cachés par les feuillages des arbres du terre-plein pépiaient dans un concert assourdissant. Je me penchais pour entendre ce qu'elle disait. Depuis trente ans, elle avait connu bien des vicissitudes. On l'avait arrêtée à la Libération en l'accusant d'être une « espionne boche », mais elle avait réussi à s'évader de la prison des Tourelles. Déjà, pendant la drôle de Guerre, quand Hayakawa et elle habitaient rue de Saussure, aux Batignolles, les gens du quartier les accusaient d'être de la « Cinquième colonne ».

Sessue était retourné en Amérique. Il était mort. Elle avait perdu son père. On avait mis sous séquestre la villa de son enfance, à La Marsa. Elle habitait une chambre dans la Médina, et pour subsister elle faisait de petits animaux en verre : reptiles, poissons, oiseaux. Un travail minutieux. Elle taillait les morceaux de verre, les rassemblait, les attachait les uns aux autres avec un fil métallique. Un jour, si je le voulais, elle me montrerait ses animaux. Il faudrait nous donner rendez-vous plus tôt et nous irions à pied chez elle, rue Sidi-Zahmoul. Mais ce soir, il était trop tard, et je risquerais de me perdre, au retour. Je l'ai accompagnée jusqu'à la Porte de France. Elle suivait l'une des ruelles d'une démarche indolente et gracieuse et je ne quittais pas des yeux sa silhouette, parmi les marchands de tissus, de parfums et de bijoux qui rangeaient leurs étalages. Elle m'a fait un dernier signe du bras avant de se perdre dans la foule des souks. Avec elle, c'était un peu de la jeunesse de mes parents qui s'éloignait.

J'ai conservé une photo au format si petit que je la scrute à la loupe pour en discerner les détails. Ils sont assis l'un à côté de l'autre, sur le divan du salon, ma mère un livre à la main droite, la main gauche appuyée sur l'épaule de mon père qui se penche et caresse un grand chien noir dont je ne saurais dire la race. Ma mère porte un curieux corsage à rayures et à manches longues, ses cheveux blonds lui tombent sur les épaules. Mon père est vêtu d'un costume clair. Avec ses cheveux bruns et sa moustache fine, il ressemble ici à l'aviateur américain Howard Hughes. Qui a bien pu prendre cette photo, un soir de l'Occupation ? Sans cette époque, sans les rencontres hasardeuses et contradictoires qu'elle provoquait, je ne serais jamais né. Soirs où ma mère, dans la chambre du cinquième, lisait ou regardait par la fenêtre. En bas, la porte d'entrée faisait un bruit métallique en se refermant. C'était mon père qui revenait de ses mystérieux périples. Ils dînaient tous les deux, dans la salle à manger d'été du quatrième. Ensuite, ils passaient au salon, qui servait de bureau à mon père. Là, il fallait tirer les rideaux, à cause de la Défense passive. Ils écoutaient la radio, sans doute, et ma mère tapait à la machine, maladroitement, les sous-titres qu'elle devait remettre chaque semaine à la Continental. Mon père lisait *Corps et Ames* ou les *Mémoires* de Bülow. Ils parlaient, ils faisaient des projets. Ils avaient souvent des fous rires.

Un soir, ils étaient allés au théâtre des Mathurins voir un drame intitulé *Solness le Constructeur* et ils s'enfuirent de la salle en pouffant. Ils ne maîtrisaient plus leur fou rire. Ils continuaient à rire aux éclats sur le trottoir, tout près de la rue Greffulhe où se tenaient les policiers qui voulaient la mort de mon père. Quelquefois, quand ils avaient tiré les rideaux du salon et que le silence était si profond qu'on entendait le passage d'un fiacre ou le bruissement des arbres du quai, mon père ressentait une vague inquiétude, j'imagine. La peur le gagnait, comme en cette fin d'après-midi de l'été 43. Une pluie d'orage tombait et il était sous les arcades de la rue de Rivoli. Les gens attendaient en groupes compacts que la pluie s'arrêtât. Et les arcades étaient de plus en plus obscures. Climat d'expectative, de gestes en suspens, qui précède les rafles. Il n'osait pas parler de sa peur. Lui et ma mère étaient deux déracinés, sans la moindre attache d'aucune sorte, deux papillons dans cette nuit du Paris de l'Occupation où l'on passait si facilement de l'ombre à une lumière trop crue et de la lumière à l'ombre. Un jour, à l'aube, le téléphone sonna et une voix inconnue appela mon père par son véritable nom. On raccrocha aussitôt. Ce fut ce jour-là qu'il décida de fuir Paris... Je m'étais assis entre les deux fenêtres, au bas des rayonnages. La pénombre avait envahi la pièce. En ce temps-là, le téléphone se trouvait sur le secrétaire, tout près. Il me semblait, après trente ans, entendre cette sonnerie grêle et à moitié étouffée.

Je l'entends encore.

La porte d'entrée a claqué Des pas dans

l'escalier intérieur. Quelqu'un s'approchait de moi.

— Où êtes-vous ? Où êtes-vous ?

L'homme de l'agence, le roux brillantiné... je reconnaissais les effluves de Roja qu'il laissait dans son sillage.

Je me suis levé. Il me tendait la main.

— Excusez-moi. J'ai mis le temps.

Il était soulagé. Il l'avait retrouvée, sa serviette. Il me rejoignait dans l'embrasure d'une des fenêtres.

— Vous avez pu visiter l'appartement ? On ne voit plus rien. J'aurais dû emporter une lampe électrique.

A cet instant, le bateau-mouche est apparu. Il glissait vers la pointe de l'île, sa guirlande de projecteurs braquée sur les maisons des quais. Les murs de la pièce étaient brusquement recouverts de taches, de points lumineux et de treillages qui tournaient et venaient se perdre au plafond. Dans cette même chambre, il y a vingt ans, c'étaient les mêmes ombres fugitives et familières qui nous captivaient mon frère Rudy et moi, quand nous éteignions la lumière au passage de ce même bateau-mouche.

On devait fêter quelque chose ce soir-là. Le Louvre, les jardins du Vert-Galant et la statue d'Henri IV sur la Pont-Neuf étaient illuminés.

— Qu'est-ce que vous pensez de la vue ? me demanda le roux brillantiné, d'une petite voix triomphale. C'est exceptionnel, non, la vue ? Hein ?

Je ne savais quoi lui répondre. En 1945, un soir de mai, les quais et le Louvre étaient illuminés de la même façon. Une foule envahissait les berges de la Seine et le jardin du Vert-Galant. En bas, dans le renfoncement du quai Conti, on avait improvisé un bal musette.

On a joué *La Marseillaise* et puis *La Valse brune*. Ma mère, accoudée au balcon, regardait les gens danser. Je devais naître en juillet. Mon père aussi se trouvait quelque part dans la foule qui célébrait le premier soir de la paix. La veille il était parti par le train avec Pellmont, car on avait découvert la Ford, au fond d'un hangar, du côté de Narbonne. La banquette arrière était tachée de sang.

XV

Un taxi stationnait à l'angle du boulevard Gambetta et de la rue de France. J'ai hésité avant d'ouvrir la portière parce qu'un homme se tenait à côté du chauffeur, mais celui-ci m'a fait un signe de la tête qui indiquait que sa voiture était libre.

Nous avons pris place sur la banquette arrière ma femme, ma fille et moi. Je portais dans mes bras ma fille qui venait d'avoir un an. Moi, j'avais trente ans et quatre mois et ma femme bientôt vingt-cinq ans.

Nous avions mis la poussette bleu marine entre nous. L'homme qui était assis sur le siège avant, à la droite du chauffeur, ne bougeait pas et j'ai fini par dire :

— A Cimiez, jardin des Arènes.

Le chauffeur conduisait lentement. C'était un garçon de mon âge, comme son voisin.

— Un problème de delco...
— Même un diesel ?
— Il faudrait que je voie ton frère...
— Il n'est plus au garage Greuze.

Tous les deux parlaient avec l'accent de Nice. Celui qui conduisait avait allumé la radio en sourdine. Ma femme, maintenant, tenait le bébé dans ses bras et lui montrait les façades des maisons qui défilaient derrière la vitre.

Le chauffeur, un blond, avait une petite moustache. Son ami était brun, trapu, et ses yeux, très enfoncés dans leurs orbites, lui donnaient une tête antique de bélier.

— Tu sais qu'ils vont détruire le garage Greuze ?...

— Pourquoi ?

— Demande-le à Gabizon.

Le bébé jouait avec le collier de ma femme. Il le secouait et le portait à sa bouche. Nous suivions le boulevard Victor-Hugo, entre les platanes. Deux heures de l'après-midi, le lundi premier décembre mil neuf cent soixante-quinze. Du soleil.

Nous avons pris à gauche la rue Gounod et nous sommes passés devant l'hôtel du même nom, une bâtisse blanche dont la porte tambour était fermée. J'eus le temps d'apercevoir derrière une grille un jardin étroit qui se transformait peut-être en parc, tout au fond. Et brusquement, il me sembla que dans une autre vie, un soir d'été, j'avais poussé la porte tambour, tandis qu'une musique venait du jardin. Oui, j'avais séjourné dans cet hôtel, il m'en restait une vague réminiscence et l'impression étrange que j'avais, en ce temps-là, une femme et une petite fille, les mêmes

212

que celles d'aujourd'hui. Comment retrouver les traces de cette vie antérieure?

Il aurait fallu consulter les vieilles fiches de l'hôtel Gounod. Mais quel était mon nom, à cette époque? Et d'où venions-nous tous les trois?

— Oui, oui, c'est Gabizon...

— Ça t'étonne?

— Il avait fait le même coup pour la concession Porsche.

— Exactement...

Le brun à tête de bélier alluma un cigarillo dont il tirait des bouffées nerveuses. Il se tourna vers nous.

— Excusez-moi... Le bébé...

Il nous désignait en souriant le cigarillo qu'il écrasa dans le cendrier.

— La fumée, c'est mauvais pour les bébés, nous dit-il.

Une telle délicatesse m'étonna et j'en conclus qu'il avait un enfant, lui aussi.

J'ignorais pourquoi nous avions fait ce détour, mais nous suivions le boulevard du Parc-Impérial, laissant derrière nous l'église russe. Dans la pénombre de celle-ci, somnolait sans doute un vieil homme, qui avait été jadis l'un des pages de la Tsarine. Nous arrivions au début du boulevard de Cimiez et le bébé regardait par la vitre. C'était la première fois qu'il traversait Nice en automobile. Tout ce qu'il voyait était neuf pour lui, les taches vertes des arbres, le trafic des voitures, les gens qui marchaient sur les trottoirs.

— Et ton frère?

— Sois tranquille, il a trouvé la combine...

— Avec les vieilles Facel-Véga?

— Mais oui, Patrick...

Ainsi, le brun à tête de bélier portait le même prénom que moi, ce prénom qui avait connu une grande vogue en 1945, peut-être à cause des soldats anglo-saxons, des jeeps et des premiers bars américains qui s'ouvraient. L'année 1945 était tout entière dans les deux syllabes de « Patrick ». Nous aussi, nous avions été des bébés.

— Il n'y a pas seulement les Facel...

— Ah bon?...

— Il y a en plus une dizaine de Nash, qu'il a récupérées.

Comment était Nice en 1945? Des fenêtres du Ruhl réquisitionné par l'armée américaine, filtrait une musique de jazz. Ma pauvre sœur Corinne, que la Sécurité militaire française avait arrêtée en Italie, était enfermée tout près d'ici, Villa Sainte-Anne, avant qu'on ne la conduisît à la prison puis à l'hôpital Pasteur... Et à Paris, les rescapés des camps attendaient en pyjama rayé, sous les lustres de l'hôtel Lutétia.

Je me souviens de tout. Je décolle les affiches placardées par couches successives depuis cinquante ans pour retrouver les lambeaux des plus anciennes. Nous passions devant ce qui fut le

Winter-Palace et j'ai vu les jeunes Anglaises et les jeunes Russes poitrinaires de mil neuf cent dix. Le taxi a ralenti, s'est arrêté. Nous étions arrivés au jardin des Arènes. Le brun à tête de bélier, celui qui s'appelait Patrick, a quitté sa place et nous a aidés à sortir la voiture d'enfant, un modèle très compliqué, à six roues, siège montant et pivotant, capote à multiples plis et bras mobile en acier, sur lequel on pouvait fixer une ombrelle. Ils nous ont fait un signe de la main, quand le taxi a démarré.

J'avais pris ma fille dans mes bras et elle dormait, la tête renversée sur mon épaule. Rien ne troublait son sommeil.

Elle n'avait pas encore de mémoire.

DU MÊME AUTEUR

Aux Éditions Gallimard

LA PLACE DE L'ÉTOILE, roman. Nouvelle édition revue et corrigée en 1995 (« Folio », n° 698).

LA RONDE DE NUIT, roman (« Folio », n° 835).

LES BOULEVARDS DE CEINTURE, roman (« Folio », n° 1033).

VILLA TRISTE, roman (« Folio », n° 953).

EMMANUEL BERL, INTERROGATOIRE suivi de IL FAIT BEAU ALLONS AU CIMETIÈRE. Interview, préface et postface de Patrick Modiano (« Témoins »).

LIVRET DE FAMILLE (« Folio », n° 1293).

RUE DES BOUTIQUES OBSCURES, roman (« Folio », n° 1358).

UNE JEUNESSE, roman (« Folio Plus », n° 5. Contient notes et dossier réalisés par Anne-Marie Macé).

DE SI BRAVES GARÇONS (« Folio », n° 1811).

QUARTIER PERDU, roman (« Folio », n° 1942).

DIMANCHES D'AOÛT, roman (« Folio », n° 2042).

UNE AVENTURE DE CHOURA, illustrations de Dominique Zehrfuss (« Albums Jeunesse »).

UNE FIANCÉE POUR CHOURA, illustrations de Dominique Zehrfuss (« Albums Jeunesse »).

VESTIAIRE DE L'ENFANCE, roman (« Folio », n° 2253).

VOYAGE DE NOCES, roman (« Folio », n° 2330).

UN CIRQUE PASSE, roman (« Folio », n° 2628).

DU PLUS LOIN DE L'OUBLI, roman (« Folio », n° 3005).

DORA BRUDER (« Folio », n° 3181 ; « La Bibliothèque Gallimard », n° 144).

DES INCONNUES (« Folio », n° 3408).

LA PETITE BIJOU, roman (« Folio », n° 3766).

ACCIDENT NOCTURNE, roman (« Folio », n° 4184).

UN PEDIGREE (« Folio », n° 4377).

DANS LE CAFÉ DE LA JEUNESSE PERDUE, roman.

Dans la collection « Écoutez lire »

LA PETITE BIJOU (3 CD).

DORA BRUDER (2 CD).

En collaboration avec Louis Malle

LACOMBE LUCIEN, *scénario.*

En collaboration avec Sempé

CATHERINE CERTITUDE. *Illustrations de Sempé* (« Folio »,
n° 4298 ; « Folio Junior », *n° 600*).

Aux Éditions P.O.L.

MEMORY LANE, en collaboration avec Pierre Le-Tan.

POUPÉE BLONDE, en collaboration avec Pierre Le-Tan.

Aux Éditions du Seuil

REMISE DE PEINE.

FLEURS DE RUINE.

CHIEN DE PRINTEMPS.

Aux Éditions Hoëbeke

PARIS TENDRESSE, *photographies de Brassaï.*

Aux Éditions du Mercure de France

ÉPHÉMÉRIDE (« Le Petit Mercure »).

Aux Éditions de l'Acacia

DIEU PREND-IL SOIN DES BŒUFS ? en collaboration avec
Gérard Garouste.

Aux Éditions de l'Olivier

28 PARADIS, en collaboration avec Dominique Zehrfuss.

Impression Bussière
à Saint-Amand (Cher),
le 4 janvier 2008.
Dépôt légal : janvier 2008.
1er dépôt légal dans la collection : juin 1981.
Numéro d'imprimeur :074141/1.
ISBN 978-2-07-037293-5./Imprimé en France.